競作時代アンソロジー

欣喜《きんき》の風

井川香四郎
小杉健治
佐々木裕一

祥伝社文庫

欣《きん》喜《き》の風《かぜ》

目次

井川香四郎

藁屋の《わらのや》歌《うた》

著者・井川《いかわ》香《こう》四郎《しろう》

一九五七年、愛媛県生まれ。中央大学卒。時代小説『露の五郎兵衛』で小説CLUB新人賞を受賞する。シナリオライターとして活躍する一方で、精力的に時代小説を執筆している。シリーズに「天下泰平かぶき旅」「てっぺん」「新・神楽坂咲花堂」（いずれも祥伝社文庫）「もんなか紋三捕物帳」など多数。

一

かんじきでザックザックと深い雪を踏みしめながら、簑笠《みのかさ》に野袴《のばかま》、手甲脚絆《てっこうきゃはん》の侍が歩いてくる。

年の頃は、二十半《なか》ばであろうか。寒さなど平気だというように、凜《りん》とした目つきで、いかにも気丈で屈強な武士らしい武士だった。後ろからは、大きな荷物を背負った小者がふたり、ついてきている。

時折、竹や樹木の枝に覆《おお》い被《かぶ》さっていた雪がドサッと落ちてきた。まるで侍たちを狙《ねら》い撃ちにでもしているかのように、正確に頭上に落ちてきた。

「たまりませんねえ、大雪は……原《はら》様」

小者ひとりが被った雪を振り払いながら声をかけると、原と呼ばれた男は振り返りもせず、前に進みながら、

「文句を言うな。雪が降るから土がこなれ、良い作物ができる」

と言った。

この屈強な侍は、原健吾《けんご》という越前福井《えちぜんふくい》藩の藩士である。まだ郡《こおり》奉行配下の

下級武士ではあるが、いずれ天下国家を語れるようになりたいという大きな志《こころざし》は、誰にも負けなかった。

「しかし、原様……去年は寒波が強くて、凶作でございました」

「されど水は豊かに満ち、新たなる開墾ができたではないか。あれこれ不平不満ばかり申しておっては、出世はできぬぞ」

辛抱の二文字だけが、克己心《こっきしん》を強くして、日々の努力が結実し、いつか己《おの》が理想を実現することができるのだ。健吾はそう言って、一歩一歩前に進み、つと振り返った。

「見てみよ。長い道のりだが、俺たちが踏みしめた足跡が続いているではないか。人生もこれと同じ。己の足で、一歩ずつ歩くしか道はないのだ」

「ですが、原様……洒落《しゃれ》ではありませぬが、少々、腹が空《す》いて参りました」

「本当に文句が多いのう。もうすぐだ。黄金《おうごん》がわんさかあるから、我慢せい」

「黄金……？」

「ああ、黄金《こがね》色に焼けた餅くらいはあるだろう。わはは」

健吾は励《はげ》ますように言って、さらに力強く踏み出した。

ここは福井城下の外れ、足羽山《あすわやま》の麓《ふもと》である。わずか半里《り》（約二キロメートル）

足らずの所ではあるが、随分《ずいぶん》と寂《さび》れており、雑木林で鬱蒼《うっそう》としている。寒冷地ながら、背丈が伸び放題の竹林や常緑樹も多いせいで、どこぞの山奥のような情景である。しかも膝《ひざ》が埋《う》もれるほどの雪原が続いているから、まさに未踏の地のように思えた。

たしかに行く手に人の足跡はない。道が何処《どこ》かも分からない。かろうじて見える小川の岸や地蔵などを頼りに、ひたすら歩いていると、やがて、これまた雪に押し潰されるのではないかと思えるほど、みすぼらしい荒《あば》ら屋が見えてきた。

「あれだ……まったく、こんなところに引っ込みおって、一体何を考えてるのやら」

誰にともなく健吾は呟《つぶや》いた。小者たちは重たい荷物を背負っているから、少しずつ遅れてきているが、ようやく門扉らしいものに近づいたとき、

「頼もう！　五三郎《ごさぶろう》、俺だ。健吾だ。生きておるか！」

と声をかけた。

竹で編んだ粗末な門を潜《くぐ》り、健吾は雪を払いながら、簑笠を外した。すると、ガタピシと音を立てながら扉が開いて、荒ら屋の中から顔を出したのは、雪のような白い顔の女だった。

「これは、健吾様……まあ、かような所まで、びっくりです」

当家の主《あるじ》・五三郎の妻、奈於《なお》である。世の中のあらゆる不幸を背負い込んだような細い体ながら、その頰《ほお》はふっくらしており、おかめの面のように笑っていた。むろん、不細工ではない。むしろ、美人でかわいげのある顔だちだった。

「ご無沙汰《ぶさた》しております」

「奥方も壮健そうでなにより。しかし、よくぞこんな侘《わ》び住まいに付き合う気になれましたな。ははは」

「侘び住まいだなんて……とても楽しゅう暮らしておりますよ。黄金はちっとも、雪のように降ってきませんがね」

「……のようだな」

扉の傍《かたわ》らの柱を見ると、『黄金舎《こがねのや》』と記された木彫りの表札が張り付けられていた。雪が吹きかかっていたので、奈於はそっと振り落として、文字を撫《な》でるように露《あら》わにしてから、

「どうぞ、お入り下さいませ。何もおもてなしはできませんが、ささ……」

と招き入れた。後から来ている小者たちの姿を認めて、奈於は手を振りながら、

「大変でございましたねえ！　本当にわざわざ申し訳ありません！」

明るい声をかけた。小者たちはヘトヘトだったが、最後の力を振り絞《しぼ》るように、歩みを早めるのだった。

荒ら屋——というのは誇張ではない。

小さな土間と、わずか二間の狭苦《せまくる》しい庵《いおり》である。しかも、畳が敷かれているのは、四畳半の一室だけ。茶席のように綺麗《きれい》に清められているが、どう見ても侘びしさが漂《ただよ》っていた。

「なにもここまで……」

健吾は溜息《ためいき》をついて、同情の目で奈於を見やり、

「五三郎は、ついこの前まで、城下で屈指の老舗《しにせ》の主人だったとは思えぬ暮らしぶり。さぞや不自由しておるのでしょうな……ましてや、あなたも三国湊《みくにみなと》の大《おお》店《だな》の娘だ。なんとも辛《つら》いことでは……すまぬ。五三郎に成り代わり、親友のこの原健吾が謝ります」

と慰《なぐさ》めるように言った。

「いいえ。さっきも言いましたとおり、本当に幸せに暮らしております」

「本当に？」

「ええ。世間のしがらみを断ち切れたとか、そんな思いもありません。商《あきな》いは決して性に合いませんから。ただただ好きなように生きて貰《もら》いたいのです、あの人には……」

裏庭を指さすように見ると、腕組みをしたままじっと竹林を見上げている、丹《たん》前《ぜん》姿の男がいた。裏庭といっても、山を借景にしているだけで、ただの森である。

男は空を見上げ、時折、竹を揺《ゆ》すってはドサッと雪を落としたりしている。健吾と同い年くらいだが、なかなか偉《い》丈《じよう》夫《ふ》で、屈強な体つきの割には、おっとりとした顔だちである。

この荒ら屋の主で、後に橘《たちばなの》曙《あけ》覧《み》と名乗るようになる歌人である。客人が来たというのに、気配も感じないのだろうか。

「おい、五三郎。相変わらず変人よのう。俺の声に気づかぬわけがなかろう」

健吾が声をかけると、五三郎は振り返るなり、子供のような笑顔になって、

「おう、健吾！　懐かしい顔じゃのう。もっと見せい、もっと！」

と部屋に駆け上がると、竹《ちく》馬《ば》の友に抱きつかんばかりに手を握りしめた。その健吾の手が飛び上がるほど冷たいので、

「こりゃ、選《よ》りに選って、えらい日に訪ねて来たものじゃのう……奈於、風呂を沸《わ》かしてやれ、風呂を」

五三郎は当然のように命じた。が、健吾の方が遠慮をして、

「いや。すぐに戻らねばならぬ。明日早く、御側《おそば》役の中根《なかね》様と一緒に江戸まで出向くことになっておるのだ」

「かような雪の中を、か」

「政事《まつりごと》に天候は関わりないゆえな。雨が降ろうと槍《やり》が降ろうと、やらねばならぬ時はやらねばならぬ」

「おまえも相変わらずだなあ……で、中根様はお元気か」

中根とは、中根雪江《せっこう》という、健吾の上役である。五三郎にとっては、国学や和歌を教えてくれた師匠であった。しかし、今は、五三郎の方が和歌を作るのが上《う》手《ま》いので、雪江が弟子になっている。

雪江は、昨年、松平慶永《まつだいらよしなが》が十六代藩主として福井城に来てから、その側役となり、実質は家老と同じ働きをしていた。松平慶永とは、後に〝幕末四賢侯〟と呼ばれた、松平春嶽《しゅんがく》のことである。

天保《てんぽう》十年（一八三九）のこの年――五三郎は城下にある実家の紙筆墨を売る問

屋を、腹違いの弟に譲《ゆず》って、自分は勝手気ままの〝歌詠《よ》み〟として身を立てるために、ここ足羽山の麓に荒ら屋を建てたのだ。元からあった古屋に少し手を入れただけのものだが、夫婦ふたりで過ごすのには何不自由なかった。

すでに数人の弟子がいて教授料が少しばかり入るし、近所の農家の人たちが芋《いも》や菜の物、雑穀《ざっこく》などを持ってきてくれる。たしかに商人をやっていたときのような豊かさとは縁がないが、花鳥風月を味わうには贅沢《ぜいたく》な所であると、五三郎は思っている。

「すぐに帰るといっても、連れの小者たちも可哀想《かわいそう》ではないか。とにかく、酒を飲んで、湯に浸《つ》かるぐらいして帰れ。でないと、俺は人でなしになってしまう」

「酒があるのか？」

「持ってきてくれたのではないのか。友を訪ねてくるときは、いにしえより当たり前のことであろう」

「まったく、そういうところは抜け目がないな。酒だけではなく、米も塩も、炭や油なんぞも運んできてやった。この大雪だ。どうせ、おまえは働きもせんと思うてな」

「さすがは、健吾。気が利《き》くのう。殿様に気に入られるはずじゃ」

「からかうな。おまえのことより、奈於さんが可哀想だと思っただけのことだ」

「人のことを可哀想だなんて、言うものじゃないぞ。俺から見れば、宮仕えに必死になってるおまえの方が、よほど可哀想だ」

「こやつ……」

健吾は殴《なぐ》る真似《まね》をしたが、ふたりはそのまま転がるように土間に座ると、さっそく杯《さかずき》を交わし始めた。

二

天保の大飢饉《ききん》は奥羽《おうう》から始まったが、やがて諸国に広がり、ここ越前でも大きな影響を受けていた。

雪国の割には、奥羽や越後《えちご》のように深く積もったまま何ヶ月も溶《と》けないということは少ない。暖かな海風のせいか水っぽい雪だから、すぐに溶ける。それゆえ、作物も凶作が続くことは希《まれ》だったが、不景気な世相とも相まって、この国全体が悲惨な状況になっていた。

同じ越前でも勝山《かつやま》や加賀《かが》石川《いしかわ》、能美《のみ》では打ち壊しが起こり、奈於の実家のある三国でも同様のことが起こったばかりだ。越後の柏崎《かしわざき》では、五三郎も面識があった国学者の生田万《いくたよろず》が、村役人らを率いて、陣屋を襲撃した。

江戸でも貧民が増えて、四十万人もの人々に町会所が布施《ふせ》銭を出したほどである。佐久間町《さくまちょう》にお救い小屋を作ったりしたが、まさに焼け石に水。世の中は悪い方へ傾《かたむ》くと、人々の不安な心が増幅して、さらに悲惨な世相になっていく。まるで悪疫《あくえき》が広がるように、甲州《こうしゅう》や東海《とうかい》などはもとより、上方《かみがた》の大坂《おおさか》、摂津《せっつ》、播磨《はりま》などへ飛び火し、町奉行所同心の大塩平八郎《おおしおへいはちろう》による乱まで起こった。

そんな世情の中、幕命によって、わずか十一歳の松平慶永が、福井藩主になったのが、昨年のことだ。前藩主の斉善《なりさわ》が若くして亡《な》くなり、跡継ぎがなかったからだ。

福井藩といえば、かつては戦国大名の柴田勝家《しばたかついえ》が治めていた国であり、江戸時代になってからは、徳川家康《とくがわいえやす》の次男・結城秀康《ゆうきひでやす》が下総《しもうさ》より六十八万石で転封して領主となった。その後、御三卿の一橋《ひとつばし》家からの藩主が続いたが、此度《こたび》は、田安《たやす》家から招かれた。徳川御一門による支配がされている国柄なのだ。

幼い頃から聡明との誉《ほま》れが高い慶永とはいえ、まだ子供である。藩政は国家老を中心とする重臣の合議で行われていた。

その軸となっていたのが、中根雪江である。後に勝海舟《かつかいしゅう》らと親交を深めた、福井藩にとって、なくてはならぬ人物だ。

三十三歳の男盛り。七百石の中根家を継いだのが天保元年のことで、幼い頃より儒学を学び、江戸に赴《おもむ》いて平田篤胤《ひらたあつたね》からも国学を学んだ知識人である。ゆえに、慶永の教育係となり、十二分に藩主の思想形成に役立った。

当然、藩政にも直《じか》に関わるようになり、藩士たちの俸禄を半減し、藩主自身の支出も削減させて、倹約令を実施した。そのため守旧派の松平主馬《しゅめ》らと対立したが、雪江は改革を断行した。そして、後に安政《あんせい》の大獄《たいごく》で処刑される橋本左内《はしもとさない》や、明治維新後に東京府知事や貴族院議員となる由利公正《ゆりきみまさ》らにも強い影響を与えたのだ。

実は今日——健吾がわざわざ訪ねてきたのは、旧交を温めるだけではない。まるで、慶永が福井藩主になるのと入れ替わるかのように、隠遁《いんとん》暮らしを始めた五三郎に、何とか教育係の手助けをして貰えないかと頼みにきたのである。

「おまえは町人でありながら、城下でも指折りの秀才だ。もし在中御家人株でも買えるなら、武士になって、俺と一緒に藩政のため、いやこれからの世のために働いて欲しいのだ」

健吾は藩の学問所や道場などで、幼い頃から競い合ってきた五三郎のことを、文武両道に優れていると一目置いている。いや、尊敬すらしている。しかし、算盤《そろばん》を弾《はじ》くことが苦手なのか、銭金のことばかりに腐心するのを卑《いや》しいことだと思っているのか、商人としてはまったく無能であった。

事実、老舗である正玄《しょうげん》家の次男として生まれたものの、家業を継いでからは、バカ旦那の典型であった。正玄家は、奈良《なら》時代の左大臣橘諸兄《もろえ》の末裔《まつえい》にあたる。ゆえに、後に橘と名乗ることとなるのだが、この頃は、生家が嫌いであった。

兄が早逝したために、五三郎は家業の跡取りとなる予定だった。だが、五三郎がまだ二歳のとき、母親の都留子《つるこ》が病死したので、酢醸造を営んでいる母親の実家で育てられた。一方、父親の五郎右衛門《ごろえもん》は後妻を貰って、五三郎が七歳の時に、異母弟が生まれた。

母親の実家に渡されたままの五三郎は、なんとなく寂しい思いをしたに違いない。

だが、その後、十四歳のときには、父親も他界したのだ。その肉親との縁の薄さを、後に歌に詠んでいる。

——髪しろくなりても親のある人も　多かるものをわれは親なし。

それほど落胆したのである。

父親の商売は、志田垣五次郎《しだがきごじろう》という伯父《おじ》が、大坂から戻って継いだ。

それを機に、五三郎は思うところあって、仏門に入った。妙泰寺《みょうたいじ》という日蓮《にちれん》宗の古刹《こさつ》で、住職の明導《みょうどう》からは手厚い教えを得た。その縁で、十八歳のときには、児玉旗山《こだまきざん》という頼山陽《らいさんよう》門下の儒学者に学ぶため、京まで上っている。根っからの学問好きだったのだ。

しかし、伯父から還俗《げんぞく》させられた五三郎は、家業に身を入れろと諭《さと》されるものの、まったく効果はなかった。家業を一旦は継いだが、商売にはまったく熱心ではなく、茶屋遊びなどを繰り返すだけだった。

ゆえに、親戚たちは、奈於を嫁にしたのだが、それでも放蕩三昧《ほうとうざんまい》は変わらない。業《ごう》を煮やした伯父は、五三郎の腹違いの弟・宣《せん》に、正玄家を継がせることにしたのだった。

「荒れた暮らしを、伯父から〝引導〟を渡されたいがため、わざとしていたことは、俺がよく承知している」

健吾は苦笑しながらも、懸命に誘いをかけた。

「だから商売をしろと言ってるのではない。おまえがその体で学んできたことを、慶永公に教えて差し上げたらどうだと頼んでいるのだ」

「冗談ではない。俺なんぞ、まだまだ学びの徒に過ぎぬ」

「何人も弟子がいるではないか」

「みんな町人や百姓の小倅《こせがれ》ばかりだ。藩主にはそれに相応《ふさわ》しい御仁が必要だ。まさに我が藩には、雪江様がおるではないか」

「おまえも承知しているとおり、まさに内憂外患《ないゆうがいかん》の折ゆえな、雪江様は江戸に出向いておって、殿様への教育は疎《おろそ》かになっている。だからこそ、おまえが欲しいのだ。雪江様も強く、それを望んでおるぞ」

「いやいや。もし俺が殿様に何かを教授するとなれば、やはり自由ではなくなる。たとえ俸禄を受け取らずとも、世間は藩と関わりがあると思うだろう。それでは、勝手気ままに暮らせなくなるからな」

「世間の目を気にするのか。おまえらしくもない」

「そう言わんでくれ、健吾……」

五三郎は親友の盃《さかずき》に燗酒《かんざけ》を注《つ》ぎながら、

「この足羽山の庵は凄《すご》く気に入っているのだ。何より、朝から晩まで、古歌や国学にのめり込むことができる。世俗的な仕事を捨てて、歌を詠むことだけの暮らしが、俺の夢だったのだ。それが俺には相応しいのだ」

「政事に関われなんぞとは考えてもいない」

健吾も改めて毅然《きぜん》と言った。

「せめて、慶永公に一度だけでも会《お》うてはみぬか。とても十一、二歳には見えぬ。優れた人物だ。いずれ、この国を変えるであろう才覚の片鱗《へんりん》は、あちこちに見られる」

「ならば尚《なお》のこと、俺のような歌詠みが関わることはなかろう」

卑下《ひげ》するのではなく、自分の分には合わぬと明朗に返したのだ。まだ二十八の若さでありながら、修行僧のような〝諦観《ていかん》〟と〝知足《ちそく》〟を悟《さと》っている五三郎である。健吾はもうこれ以上、ごり押ししても無駄な気質だということは百も承知だったが、世の中に埋もれたままの素質が勿体《もったい》ないと感じていた。

「――まったく……偏屈だのう」

「己に素直なだけだ」

「自分のことばかり考えおって、それは人の道とは言えぬのではないか」

「誰にも迷惑をかけず、曲がったことはしていないつもりだが？」

「それがッ……」

わずかに腹立たしげになった健吾は、舌打ちをして、

「まあいい。だが、せめて慶永公が詠んだ歌を見て、添削をしてやってくれぬか」

「え……？」

「実は預かってきておるのだ。雪江様でも講評しかねるような素晴らしい歌だとな。だが、おまえの目にかかれば、色々と荒いところや悪いところが見えるであろう」

戸惑いの顔になった五三郎に、健吾は畳《たた》みかけるように言って、一冊の綴《と》じ本を膝の前に差し出した。

「一度くらい、目を通してみてくれ。ここに置いていくからな。持ち帰れば、俺の出世に響く。親友のために、それくらいは頼む。このとおりだ」

健吾は両手をついて頭を下げた。

すぐには承知しなかったが、五三郎は仕方がないなあという顔になった。もっとも、年端もいかぬ藩主が、どのような歌を詠んでいるかということは、五三郎も歌人として気になるところであった。

「畏《おそ》れ多いことではあるが、引き受けよう。だが、悪評を述べたからといって、

この首を刎《は》ねられるのは御免だぞ」

「おう。大いに教え諭してくれ。それが一番の望みだと、殿ご自身もおっしゃっておるゆえな。はは、頼んだぞ、五三郎」

肩の荷が下りたのか、健吾は俄《にわか》に陽気になった。五三郎に引き止められて断ることができず、小者たちを先に帰し、結局、この夜は一晩中、飲み明かした。

尽きぬ昔話から、これからの世の中のこと、歌のことなどを実に楽しそうに話し合った。寒さを忘れさせるような、そんな熱いふたりの姿を、奈於も楽しそうに眺《なが》めているのだった。

――たのしみは心をおかぬ友どちと　笑ひかたりて腹をよるとき。

三

風雪に耐えながらも、好きな歌を読み続けたのが五三郎の暮らしであるが、光陰《こういん》矢の如《ごと》しで、あっという間に十数年が過ぎた。

その間に、飛驒高山《ひだたかやま》に住んでいた本居宣長《もとおりのりなが》の高弟である田中大秀《たなかおおひで》に入門し、『万葉集《まんようしゅう》』はもとより、日記文学なども深く学び、帰省した後も、手紙を交わすことで師弟関係を続けていた。

自分が決意した歌学の道を揺るぎないものにしてくれたのは、田中大秀に他ならないと心から尊敬し、感謝していた。だが、五三郎の暮らしの貧しさは変わらない。学問で食べてゆくことの厳しさを、体で味わっていた。

それでも、体に笞《むち》を打つように頑張ってこれたのは、娘のお陰だった。まるで孫のように溺愛《できあい》していた。

というのは、奈於との間には、これまで子供をふたり儲《もう》けたが、長女も次女も生まれた直後に亡くなっていたからだ。それゆえ、健康であって欲しいと願い、三女は親友の健吾から文字を借りて、健子《たけこ》と名付けたのである。

しかし、無慈悲にも、健子までもが疱瘡《ほうそう》で亡くなった。まだ四歳の可愛い盛りのことである。五三郎は、

——きのふまで吾が衣手にとりすがり　父よ父よといひてしものを。

と詠んでは、学問が手に付かぬほど落ち込み、悲嘆に暮れていた。

五三郎は自分の後援者でもあった著名な医師・笠原良策《かさはらりょうさく》に、

「健子のように可哀想な死に方をさせないでくれ」

と、疱瘡を撲滅するように哀願した。

笠原が約束どおり、長崎より種痘《しゅとう》の苗《なえ》を持ち帰ったのは、嘉永《かえい》二年（一八四九）、健子の死から五年後のことだった。そして、五三郎は『拝除痘神詞』を作って、城下の子供らが病魔に冒《おか》されぬように祈願するのだった。

二親《ふたおや》を早くに亡くした上に、子供らにも早死にされて、なんと肉親の縁が薄いのだと、五三郎は嘆いていたが、笠原がもたらした種痘の苗のお陰で、城下の子供たちが助かったことには深く感謝していた。

学問に専念できたお陰で、城下はもとより、近在の町や村、遠く離れた町にも、五三郎の門弟は増えていった。

やがて、『黄金舎』ではあまりにもみすぼらしいと、門弟たちが城下の三橋《みつはし》に家を建ててくれた。門弟の中には、武士や商人だけではなく、大工や植木職人らもいたからだ。

城下とはいっても、足羽山の麓から川を渡った辺りなので、雪が降れば不便なところの侘び住まいであることに変わりはない。

その庵の名も、奇を衒《てら》ったわけではないが、『藁屋《わらのや》』と称した。

『新古今和歌集《しんこきんわかしゅう》』にある、

――世の中はとてもかくても同じこと　宮も藁屋も果てしなければ。

から取っている。自分にとっては、宮殿のようなところと感じたのであろう。

この『藁屋』に住み始めたのは、三十七歳のときで、二十年後に亡くなるまで、生涯、ここで暮らすことになる。『黄金舎』での暮らしにも増して、充実した侘び住まいであったことは、後に『独楽吟《どくらくぎん》』として纏《まと》められる素朴《そぼく》な歌集に、沢山《たくさん》残されている。

――たのしみは妻子《めこ》むつまじくうちつどひ　頭《かしら》ならべてものを食ふ時。

――たのしみは朝おきいでて昨日まで　無かりし花の咲ける見る時。

――たのしみはすびつのもとにうち倒れ　ゆすり起こすも知らで寝し時。

――たのしみはまれに魚煮て児等《こら》皆が　うましうましといひて食ふ時。

――たのしみは尋常《よのつね》ならぬ書《ふみ》に画《え》に　うちひろげつつ見もてゆく時。

――たのしみはとぼしきままに人集め　酒飲め物を食へといふ時。

――たのしみは百日《ももか》ひねれど成らぬ歌の　ふとおもしろく出できぬる時。

――たのしみは家内五人五たり《やうちいつたり》が　風だにひかでありあへる時。

いずれの歌も技巧を凝《こ》らさず、毎日の暮らしぶりを素直に詠んだものであろう。純粋に家族を愛《め》で、自然を受け入れ、人との付き合いを大切にして、日々を丁寧に暮らしていることがよく分かる。まさしく人生の達人かもしれぬ。

三人の女児を失った後に、五三郎と奈於の間には、三人の男児を授かることができた。幸せの絶頂であった。

歌人や国学者としても、少しずつ名を挙げてきた。もちろん、名を挙げることが、五三郎の人生の目的ではない。「人の評判を喜ぶのは愚《おろ》か者。官位を貰って喜ぶのは、もっと愚か者だ」と常々言っていたほどだ。しかし、門人が増えたり、訪ねてきてくれる人が多いのは心の糧《かて》となり、愉快で楽しいことだった。

その一方で、城下で起きた大火によって、実家が燃えるという不幸も起こり、『藁屋』も類焼した。実家は二度目の火災である。しかも、三男が生まれたばかりのことだから、なんとも世の中というのはままならぬと感じたが、実家にも家族に死人や怪我《けが》人がないのは、不幸中の幸いであった。

しかし、これまでの苦労も重なって、心身が疲弊《ひへい》していたのか、五三郎自身が病になってしまった。一時は、意識が混濁《こんだく》するほど衰弱《すいじゃく》したため、奈於は付ききりで看病し、医師の笠原も全力を尽くして治療したが、一向に快復する兆《きざ》しはなかった。

——山まつの高き御かげをよすがにて　万代《よろずよ》までもさかえたらなむ。

熱にうなされながらも、五三郎は実家のことを案じて、こう詠んでいた。

自分が家を捨てた人間であることに忸怩《じくじ》たるものがあるのであろう。末代までも栄えることを、切に願っていたのである。

異母弟の宣は、類焼した『藁屋』を再建する費用の力ぞえと見舞いを兼ねて訪ねてきた。窮状を救ってくれるのは、やはり肉親である。五三郎は嬉しくて涙が溢《あふ》れそうになったが、ひとりでは起き上がれないくらい、体は弱っていた。笠原良策ですら、

「万が一のことも覚悟して欲しい……」

と奈於や宣には密《ひそ》かに伝えていたほどである。

仮住まいの寝床でうなされている五三郎に、宣は懸命に励ますように、

「兄《あに》さん……しっかりして下され。兄さんがいなくなったら、左大臣橘諸兄の流れを汲む福井橘家も終《しま》いですよ。正玄家も兄さんあっての御家です。どうか、どうか、頑張って下されや」

と手をしっかりと握りしめた。

弟でありながら、これまで五三郎は心の奥底の何処かで、面白くなく感じていたのかもしれぬ。母親を二歳の時に亡くして、その実家に追いやられ、自分が望んだこととはいえ仏門に入ったりした。それゆえ、宣とは母が違うとはいえ、兄

弟でありながら仲良くした思い出がひとつもない。

「……すまんな……迷惑、かける……」

はっきり言葉にはならないが、宣が来たことは分かったのであろう。懸命に応えようとしていた。

「何を水臭いことを……こっちこそ、謝らんといかんことばかりです。本来なら、幾らでも援助できたのに、兄さんがあまりにも拒《こば》んでばかりだから、あえて素知《そし》らぬ顔をしてたことをです」

「…………」

「世間の人は、兄さんのことをようも知らぬのに、幾ら頭がようても暮らしていけない人間は駄目な人間だと噂《うわさ》をしたりしてます。私はそれが我慢ができず、言い返すなどしてましたが、腹の底では、似たようなことを思うてたかもしれません……家業を捨てて、好きなことばかりしてると」

「そのとおりだ……」

「だからこそ、元気になって貰わんと困ります。うちは墨《すみ》や筆、紙の他に、先祖伝来の秘薬、巨朱子円《こしゅしえん》を作ってますからね。何にでも効くんですから、当家の人が治って貰わないと、商売上がったりですからね」

薬袋を差し出して、笠原に処方を頼んだ宣は、ひたすら五三郎の快復を祈った。その甲斐《かい》があってか、しだいに意識がはっきりしてきて、数日後には自分で起き上がれるようになった。

なんとか一命を取り留めたというのが正直な感想だと、名医の笠原でも言うほどだった。拾った命ならば、これから先は尚一層、学問に励まねばならぬと、五三郎は自らを鼓舞《こぶ》した。そして、

――橘曙覧と名乗ることにした。

姓は遠祖から取り、あけみは〝赤実〟から付けた。赤く実るまでの思いに、曙覧の文字を当てたのである。

時は天保から、弘化《こうか》を経て嘉永に変わり、日本中の沿岸には異国船が現れ、軍艦四隻を率いたペリーが浦賀《うらが》を訪れ、開国を迫る激動の時代となっていた。

四

松平慶永が藩の人事に直接、指示を出すようになったのは、弘化年間（一八四四～一八四八）になってからで、それでもまだ十七、八の若者に過ぎなかった。

しかし、慶永は御三卿筆頭の田安家の出である。伯父は十一代将軍家斉《いえなり》であり、今の十二代将軍家慶《いえよし》は従兄弟《いとこ》にあたる。徳川吉宗《よしむね》やその子である宗武《むねたけ》は直系の祖であり、その優れた素質を見事に受け継いでいると、御一門の誰もが認めていた。ゆえに面と向かって逆らう者はいなかった。

幼い頃から、勉学が好きで紙ばかり使うから、羊のように紙を好むと父から言われ、自ら〝羊堂《ようどう》〟と名乗っていたくらいである。それほど筆や紙、墨を必要とした慶永ゆえ、その問屋である橘曙覧のことが、気になって仕方がなかった。

冗談半分であるが、側近の雪江に、

「五三郎……いや橘曙覧を家来にしたら、紙や筆を何不自由なく使えるのう」

と言っていたほどだ。

というのは、田安家も質素倹約の例に漏《も》れず、慶永の筆は月に二本、墨は二月に一挺《ちょう》と決められていたからだ。そういう暮らしぶりを徹底させられていたため、福井藩主になってからも、自らの手許《てもと》金も半減させ、

「一汁一菜に徹して、二色は決して召し上がらなかった」

と家臣が記録しているほどである。

慶永を側で見ていた雪江や、近習番の浅井政昭《あさいまさあき》が遠慮会釈《えしゃく》なく、諫言《かんげん》を繰り

返した。そのことが主君としての人間形成のために良いことだったからだ。慶永自身も、後に記した『真雪草紙《みゆきぞうし》』などに、雪江や浅井への感謝の意を書いている。

毎年二万六千両もの歳入不足を緊縮政策で改善し、九十万両にものぼる借金を、

――民を富ませながら返す。

という施策のために、領内を隈無《くまな》く巡検することを実践した。もっとも、思うように借財は減らないが、領内を見廻《みまわ》っているうちに、慶永の国防意識も強くなった。

砲術師範の西尾源太左衛門《にしおげんたざえもん》を、江戸の砲術師につかせて西洋砲術を学ばせ、やはり江戸から西洋式の大砲鋳物師《いもじ》を招いて、鉄砲や大砲を作らせた。西洋の知識を学ぶことによって、まさに内憂外患の時代を乗り越えようと、慶永は熟慮していたのだ。

この青年藩主を支えるように、藩儒医の橋本左内や熊本《くまもと》藩から招いた儒者・横井小楠《よこいしょうなん》らが集まって、新しい時代の寵児《ちょうじ》へと育てていくのである。

そのような時代にありながら――橘曙覧と名乗り、歌詠みで暮らすようになっ

てからも、健吾と疎遠になることはなかった。殿に伴って江戸在府の折は仕方がないが、福井にいるときは、ちょくちょく『藁屋』に顔を見せにくる。

今日は久しぶりであったが、いつものように酒や肴《さかな》を担いで来て、ガキの頃のような戯言《ざれごと》ばかりを話して過ごしていた。

だが、曙覧は少しばかり、健吾の異変に気づいて、

「どうした健吾……本当は違う話をしたいのではないのか」

「なに、大したことではない」

「さては、お上仕えが嫌になったか。江戸との往復だけでも体がきつかろう。それに、そもそもおまえは武家でありながら、気を遣い過ぎる性分だから、心に疲れが雪のように積もって、辛いのではないか」

「いや……」

「とかく人というものは集まれば、何かと揉《も》めるものだ。そんな渦中で暮らすことは、健吾には向いてないと思うがな」

曙覧は少しからかい気味に言ったが、健吾とて側用人になっている自負はある。主君のために身を粉《こ》にして働くのは当然であり、国のために命を賭《か》けるのも惜しくはない。

ただ、このままでは、福井藩が潰れるという程度のことではなく、日本という国が崩壊するのではないかという不安を、健吾は真剣に抱いていたのだ。無理もない。ペリーが浦賀に来てから、日本国中、てんやわんやの大騒動である。福井も海に面しているゆえ、異国船の姿もよく現れたから、その驚異は感じていた。

——泰平の眠りを覚ます上喜撰《じょうきせん》　たつた四杯で夜も眠れず。

という狂歌が広まるくらい、幕府重役たちも手をこまねいていたのだ。黒船の蒸気船と高級宇治《うじ》茶の〝上喜撰〟とをかけたのだが、庶民ならば口に入らぬ茶を飲んで眠れないほど、幕閣はドギマギしているのだろうと揶揄《やゆ》したのだ。

「おまえの憂いとやらも、高級な宇治茶のことか」

曙覧が訊《き》くと、健吾は素直に頷《うなず》いて、

「うむ。メリケンという国は、それこそ大砲や石炭というものを燃やして動く汽船で、この国を開けと脅しにきておるのだ」

「国を開けとは、交易をせよということか」

「そうだ。しかし、知ってのとおり、幕府は長崎《ながさき》以外での交易を禁じておるゆえな。おいそれと開港するわけにはいかぬ」

「長崎はすなわち、幕府が異国との交易を独占しているだけのこと。メリケンと交易できるなら、すればいい。ああ、この福井藩とやればよいではないか」

「めったなことを言うな、五三郎……たとえ野にある者でも、おまえは慶永公お気に入りの文人歌人だ。藩や殿に迷惑がかかるような発言は慎《つつし》め」

「冗談ではないぞ。俺はおまえと立場も身分も違う。鳥や虫のように好きに生きているだけだ。何と歌おうが、誰からも文句を言われる筋合いはない」

「五三郎。俺はおまえのことを思って……」

「分かっている。だからこそ、おまえも出世に拘《こだわ》らずにだな……」

「暢気《のんき》なことを言うなッ」

健吾はいつになく険しい声になった。驚いた奈於が案じて覗《のぞ》きにきたくらいだ。

「この国が滅べば、俺たちは……いや、この国の人々がみな、異国の者たちに支配されるやもしれぬのだ。揉めれば、その前に戦になるのは必定。だが、戦を始めるのに、異国と戦うべきか恭順《きょうじゅん》すべきかと、国の中でも混乱が生じるであろう……殿は決してそうならぬようにと、強い志をもっているのだ」

「そうならぬように、とは？　殿は国を開くつもりか、それとも……」

「俺には分からぬ。だが、幕法を守り通すにしても、開国するにしても、俺たち下々には到底、関わりようのない騒動が、上様を巻き込んで、老中や若年寄……そして朝廷でも起こるに違いない」

藩主の側近だからこそ、その身に危機感を抱いているのであろう。健吾は苦悶《くもん》の表情で、喘《あえ》ぐように言った。

「これは、まだ内聞に願うぞ」

「うむ……」

「殿はもしかしたら、老中……いや、一挙に大老となって、この国難を乗りきるようにと、任されるやもしれぬ」

言った本人の健吾が息を呑み込んだが、曙覧《ひめん》の方は至って当然だという顔で、

「さもありなん。藩でも、守旧派の家老を罷免して改革を断行した御仁だ。しかも、享保《きょうほう》の改革を成し遂げた吉宗公の英明さも引き継いでおるのなら、任せるべきだろう」

「物事はそう簡単にはいかぬのだ。御三家や御三卿の意向もあろう。特に、水戸《みと》藩の徳川斉昭《なりあき》様は、薩摩《さつま》藩主の島津《しまづ》斉彬《なりあきら》様とともに海防を固めて、攘夷《じょうい》に打って出るべしと強硬姿勢を唱えておってな」

「殿は……」

「藩でも大砲や戦船を作らせているくらいだから、初めは斉昭様らに感化されていたが、老中の阿部正弘《あべまさひろ》様と意気投合して、開国に前向きではある。だが、正直、迷っている節がないでもない」

阿部正弘は、備後福山《びんごふくやま》藩十万石の藩主で、天保の改革を断行した水野忠邦《みずのただくに》によって、寺社奉行に抜擢《ばってき》されて後、弘化二年（一八四五）に老中首座になった。

この就任直後から、欧米からの開国要請が増えてきて、浦賀はもとより、長崎や対馬《つしま》、五島《ごとう》列島、さらには陸奥《むつ》や蝦夷《えぞ》などに異国船が次々と来航していた。英国船にいたっては勝手に江戸湾に入って、測量までしている。

当然、海防を強化して、異国船打ち払い令なども復活させ、江戸防衛のために台場を増やして、多くの大名に警備させた。だが、いずれも効果的ではなかった。そのため阿部正弘は、徳川斉昭や島津斉彬とも連携を強めたのだ。しかし、想像を絶する大きな黒船を見せつけられてから、様々な交渉の末、下田《しもだ》と箱館《はこだて》を開港することになり、日米和親条約を締結するに至ったのである。

つまりは、外圧に屈したのだ。

その一方で、困難な状況を打開するために、岩瀬忠震《いわせただなり》、江川英龍《えがわひでたつ》、勝海舟ら様々な人材を登用し、諸藩には大船建造を許可した。

幕府自らも長崎海軍伝習所や蕃書調所《ばんしょしらべしょ》、講武所《こうぶしょ》などを作って、海軍技術や西洋の情報を集め、洋式の兵法なども学ばせた。その上で、徳川家と朝廷、諸大名らが協力して〝挙国一致〟を推進しようとしたのだ。

日本という国は、まさに二百数十年の眠りから叩《たた》き起こされ、幕末の動乱に突き進んでいくのである。

「健吾……俺は難しいことは分からぬが、戦だけはならぬと思う」

曙覧は切実にそう願っていた。

「誰だって、戦は御免《ごめん》だ」

「戦国の世のように国内が乱れるのも避けるべきだし、異国と戦うのもバカげてると思う。決して、清《しん》国のアヘン戦争の二の舞になってはいけない」

「ならば、どうする。座して死を待てというのか。メリケンやエゲレスは本気ぞ」

「そうかのう……メリケンにしても捕鯨《ほげい》のための炭や水の補給をしたいだけと聞いたがな。開国するにせよ、祖法を守るにせよ、慶永公ならば、異国とも仲良くできる解決策を模索してくれると思うがな」

「模索じゃならぬッ。すぐさま実践せねばならぬのだ！」

吠《ほ》えるように言ってから、健吾はすまぬと軽く返し、

「やはり、ぬるま湯に浸《つ》かってるおまえには、政事のことなど分かりようもないか。ましてや、この国難のことなどな」

「おまえも妻を貰《もろ》うてはどうだ」

「なに⁉」

「一番、大切にせねばならぬのは何か、ということが分かる」

「俺にとっては、国が大事だ。その国が滅びれば、我が主君も、俺たちが生まれ育ったこの越前もなくなるのだからな！」

「そうかもしれぬが……いずれにせよ、健吾……自分を追い詰め、誰かを傷つけるような真似はするなよ」

優しい声をかけた曙覧に、

「ふんッ――」

とだけ漏らして、健吾は立ち上がり、腹立たしげに『藁屋』から立ち去った。

奈於は心配そうな顔で見送ってから、

「おまえ様……いいのですか、このままお帰しして……」

「城下にいれば、また明日来るだろうよ」

「でも……おまえ様が病に臥《ふ》せっていたときは、江戸から心配して文《ふみ》を届けてくれ、見舞金まで下さったのに……」

追いかけようとする奈於を、曙覧は苦笑しながら止めた。

「子供の頃から、喧嘩《けんか》はよくしたものだ……それより炭を起こさぬとな。知らぬ間に、消えてしまっていた……」

「おまえ様……」

「案ずるな。奴《やつ》のことは、天が見守ってくれているよ」

——たのしみは神の御国の民として　神の教へをふかくおもふとき。

曙覧はそう詠んだが、翌日、健吾が訪ねてくることはなかった。

五

曙覧と奈於の間に生まれた三人は、今滋《いましげ》、咲久《さく》、早成《はやなり》と名付けられ、貧しいながらも、すくすくと育った。長じて、今滋は曙覧の望みによって、井出《いで》左大臣橘諸兄より「井出」姓を名乗り、次男と三男は「正玄」の分家となった。

末っ子がまだ七つの頃のことである。

いかにも立派な武士が、単身、曙覧を『藁屋』まで訪ねてきた。たまたま早成が、道端で拾った腐《くさ》った柿の実を投げて遊んでいた。その柿が武士の目の前に飛んでいったのだ。

紋付きの黒羽織《くろばおり》に袴で、両刀を差していた。あわや顔に当たりそうになったとき、その武士はひょいと避け、何事もなかったかのように先に進んで、

「ごめん！」

と門外から声をかけたのである。

すらりと背が高く威風堂々《いふうどうどう》としている。年は、曙覧の二つ三つ下であろうが、洗練されて優雅な態度はもっと若く見える。しかし、隙《すき》のない鋭《するど》い目つきであった。

早成はドギマギして後ろからつけてきた。というのは、父親の曙覧は近頃、何者かに狙われている節があると、近在の者たちから耳に入っていたからだ。藩主の慶永が幕政に直に関わるようになってから、歌の師と思われている曙覧の動向を見張っている武士も現れていたのだ。

家から出てきた曙覧は、相手の顔を見るなり、「おおっ」とすぐさま相好《そうごう》を崩

した。ほとんど同時に、武士の方も目尻を下げて笑いかけた。今の今までの険しい顔とは大違いである。

「よう来てくれた。主膳《しゅぜん》殿ッ」

お互いに手を取り合った。侘び住まいとはいえ、毎日のように門弟や友人が訪れる『藁屋』は、奈於が休む暇《ひま》もないほど賑《にぎ》やかであった。それを奈於も楽しんでいた。

「奈於。まさに珍しい人が来てくれた。家中の良い酒、美味《うま》い肴を出してくれ。いや、弟子たちに言うて、城下から蟹《かに》やのどぐろなどのいいのを見繕ってきてくれ」

曙覧は下にも置かぬ振る舞いで、武士を招き入れた。

初対面の奈於だが、その爽《さわ》やかで清潔感溢れる風貌に少し驚いた。

「どうした奈於。あまりにも男前なので、驚いたか。毎日、むさ苦しい連中しか見ておらぬから、目の保養になるであろう」

「はい。おっしゃるとおりでございます」

素直に頷いた奈於だが、武士の方は照れ臭そうに笑って、

「どうぞ、お構いなく。酒も肴もいりませぬ。今日は、曙覧殿の和歌についての

考えを、論破しようと挑みに参ったのです」

と実に愉快そうに言った。

「おう。望むところだ」

これまた楽しそうに返した曙覧は、少し自慢をするような顔で、

「彦根《ひこね》藩藩主・井伊直弼《いいなおすけ》様の国学の師匠長野《ながの》主膳殿だ。正真正銘、藩校の弘道館《こうどうかん》の教授ゆえな、俺とは格が違う」

「そうでございましたか……では、私の入る隙もなさそうですね」

奈於はすぐさま来客のために、饗応《きょうおう》の支度《したく》を始めた。厨《くりや》に戻る奈於を見送り、

「美しく明るい才女でございまするな」

「世辞を言われても、和歌論議には手を抜きませぬぞ」

「望むところです……それにしても、平田篤胤様の葬儀以来ゆえ、本当に久しぶりです。もう十三回忌も済みましたからな」

平田篤胤は、荷田春満《かだのあずままろ》、賀茂真淵《かものまぶち》、本居宣長と並び称せられる国学者だが、中根雪江が門弟であったことから、曙覧も尊崇《そんすう》の念を抱いていた。それゆえ、門人が行った法事の折には、わざわざ江戸まで出向いたのだ。

そのとき、曙覧は長野主膳と出会い、意気投合した。曙覧が若い頃、京で学ん

だ児玉旗山と、主膳の師である阿《あ》原《はら》忠《ちゅう》之《の》進《しん》が昵懇《じっこん》であったことも、その時に知ったのだ。人の縁とは不思議なものである。

　むろん、その頃は、まだ主膳は一介の国学者であり、井伊直弼も部屋住みの身である。わずか三百俵《ひょう》をあてがわれて、自ら『埋木舎《うもれぎのや》』と名付けた堀端の小さな屋敷で、まさに世間に背を向けて暮らしていたのだ。そこで、

　——世の中をよそに見つつも埋もれ木の　埋もれておらむ心なき身は。

と世に出ることを諦めている。名家の生まれであっても、十四男坊である。出世の見込みはないに等しかった。

　そんな井伊直弼と遊歴をしていた主膳が、たまさか会った頃であった。まさか後に、彦根藩主になり、幕府の大老になるとは、当人も主膳も思っていない。だが、実に人間味のある面白い人だと、曙覧は主膳から何度も聞いていた。

　主膳は深く溜息をつき、

「——これや此の書看《ふみみ》ふければ夜七夜《よしちや》も　寝でありきとふ神の筆あと……篤胤先生が亡くなったときに、曙覧殿、あなたが詠んだ歌だ。歌に込められた篤胤先生への思い、和歌や国学への熱意が溢れんばかりで、私は涙なしでは聞くことができなかった……」

「畏れ多いこと……児玉旗山先生は若くして亡くなり、私の師である本居宣長門下の田中大秀先生も亡くなり、依《よ》るべき方々が鬼籍に入って悲しいばかりです」

「それだけ、こちらが年を取ったということですかな」

「ですな……」

ふたりは歌合わせや議論ではなく、あまりのもの懐かしさに昔話に花を咲かせた。共通する歌人や国学者、儒者らの話を、曙覧は主膳を食い入るように見つめながら聞いた。

若い頃は、京都《きょうと》から伊勢《いせ》、美濃《みの》や尾張《おわり》など、様々な所を旅して、色々な文人のもとで起居しながら、多くのことを学んだ主膳である。話しぶりも面白いし、寓居《ぐうきょ》に居続けている曙覧にとっては実に新鮮だった。

「井伊直弼様は御壮健でしょうな」

「ええ、まあ……」

「うちの殿様とは……小耳に挟んだところでは、あまり上手くいっていないそうですが、和歌の話をすれば、必ずや意気投合すると思うのですがな」

曙覧はさりげなく言っただけだが、主膳は何となく話を避けたがった。今や主膳は井伊直弼の側近中の側近である。参謀役の立場ゆえ、政事に関する内容は話したくなかったのであろう。

そのことを察した曙覧も、これ以上、話題にしなかった。だが、政事に触れるだけで気まずい雰囲気になるということが、ふたりには耐えられなかった。それほど、花鳥風月とは縁のない世相は、厳しくなりつつあったのである。

開国か攘夷か——国を二分する論争が繰り返されている中、幕府内部にあって、ふたつの大きな勢力がせめぎ合っていた。

ひとつは、徳川御三家である水戸斉昭を中心とする、断固たる攘夷派。しかも、この国難を乗りきるために、水戸斉昭の息子である一橋慶喜《ひとつばしよしのぶ》を次期将軍にしようと画策していた。

もうひとつの勢力——それが井伊直弼を中心とする開国派だった。次期将軍には、継承順位どおり、徳川慶福《よしとみ》を擁立しようとしていた。

つまり水戸派と南紀《なんき》派の対立である。

そんな中で、幕府から、神奈川《かながわ》と伊豆《いず》一帯の沿岸警備を命じられていた直弼は、ペリー来航以来、黒船の巨大さと先進的な装備の凄さを見せつけられていた。

到底、太刀《たち》打《う》ちできぬと思った直弼は、西洋とうまく付き合って、国力を豊か

にしようと幕府に訴えていた。この考えや思想は、実は松平慶永とも通じている。開国をすることこそが、

「井伊家が潰れても、徳川家を守れ」

という家訓を実践できると、直弼は信じていた。

しかし、水戸斉昭ら開国に反対する攘夷派の一派は、松平慶永の方を大老に迎えて、国難を打開しようとしていた。複雑な時局ゆえ、主膳としては政事の話をするわけにはいかなかったのであろう。

「もしかしたら……井伊直弼という我が殿は、『埋木舎』にて歌を愛でながら、生涯を過ごした方が幸せだったのではないか……私はそう思ってます……この『藁屋』で暮らして歌を詠むあなたのように」

気弱に聞こえるが、主膳は本気で思っているようだった。

主膳が初めて直弼に会ったときは、

「兄がいるから井伊家の跡取りにはなれぬ。他の兄弟は他家の養子になったが、自分だけは何処にも縁組みがされない。そのため学問に生きる」

と決心していたのである。

だが、思いがけず兄が病死したため、三十六歳で彦根藩の藩主になった直弼

は、

「領内に住むものは、鳥や獣に至るまで、すべての人々によい政治を浸透させたい」

という意気込みで藩政に取りかかった。そして、十五万両の大金を、赤ん坊から老人まで領民に隈無く分配したのだ。

——此《こ》のほどの旅の疲れも忘れけり　民すくはんと思ふばかりに。

直弼は、領内を自ら視察し、直に民の声に耳を傾けたのだ。

かような善政を行おうという姿勢も、慶永と相通じるが、ふたりは大きく対立する立場となるのである。

六

主膳との旧交を温めた翌日、健吾が飛ぶような勢いで訪ねてきた。

挨拶もろくにせず、曙覧の顔を見るなり、

「何処へやった、五三郎ッ」

と喧嘩腰で乗り込んできた。あまりにも乱暴な声なので、奈於や子供らも恐怖を感じたほどだった。

「なんだ、藪《やぶ》から棒に……見てのとおり親子揃《そろ》って昼餉《ひるげ》を取ってるのだ。おまえはいつから、そんな礼儀知らずになった」

「惚《とぼ》ける気か」

「だから、何の話だ」

「昨日、長野主膳が来たであろう。井伊様の腹心の家臣だ」

「ああ、来た。それがどうした」

「どうしたじゃないぞ……偉いことをしてくれたな。隠すと為《ため》にならぬ。おまえだけじゃない。奈於さんや子供らにも累が及ぶ。今なら、おまえの不義不忠、まだ俺が揉み消すことができる……長野主膳を何処に匿《かくま》った」

健吾は物凄い形相になって、曙覧にズイと迫った。

「おいおい。なんだ、不義不忠だのなんだのと。主膳殿は十何年ぶりに、俺の顔を見に来て、その間にお互いが精進錬磨《しょうじんれんま》した歌道について、忌憚《きたん》なく話し合っただけだ」

「よく聞け、五三郎……」

仁王立ちのまま、健吾は続けた。

「おまえは懐かしがっただけかもしれぬが、相手は井伊直弼の密偵として、この越前福井に姿を現したのだ。もう数日前から、城下のあちこちで怪しい動きをしている」

「政事のことは知らぬ。俺も主膳殿も何も話しておらぬ」

「そんなことは、藩の重職には通じぬ。中根様とて、おまえを庇《かば》うことはできぬぞ。たとえ和歌で師弟の立場が入れ替わったとて、政事の邪魔になるならば、容赦はせぬとな」

「——怖い顔だな……俺はただの歌詠み。何も知らぬが、もし殿様に不都合なことがあるならば、俺を捕らえるなりなんなりするがいい。おまえに縛《しば》られるなら、俺も本望というものだ」

「ふざけるなッ。そんなことを言って、俺が何もできぬと踏んでおるのか」

さらに鬼のような形相になりながらも、健吾は顔を近づけて声をひそめた。

「よいか。今は、殿が大老になるかどうかという、大事な時期なのだ……もし我が藩で何か不測の事態が起きたり、不都合なことが少しでも漏れれば、その話は泡と消える」

「不都合なことなどあるものか」

「いや、殿が大老になるのに反対の連中は、どんな小さなことでも、大事件に仕立てるであろう。次の将軍は、英明な一橋慶喜様がなるべきだ。国難のこのとき、継承の順位などと言っておっては、それこそ国が滅ぶ」

「………」

「井伊直弼なんぞが大老になったりしたら、権力にものを言わせて、とんでもない事態になるぞ。おまえとて暢気に和歌なんぞ詠めない世になってしまう。それでもよいのかッ」

「彦根の殿様は、『埋木舎』にいたときは、素晴らしい和歌を詠んでいるらしいがな」

「その頃の鬱屈《うっくつ》した気持ちを、今、晴らさんとしているのだッ。よいか！　一橋慶喜様が将軍になるには、我が殿、慶永様が大老にならねばならぬ！」

「もちろん、俺もそうなって貰いたい」

　曙覧はハッキリと言った。

「だが、主膳殿はあくまでも、俺には国学者、歌人として会いにきたのだ。懐かしき師たちの話をし、お互いに歌を贈りあっただけ。それだけだ」

　じっと睨《にら》み合ったまま、曙覧と健吾はしばらく黙っていた。が、

「——そうか……ならば仕方がない。おまえとは親友ゆえな。他の誰かが捕らえるくらいならば、俺が始末してやる。それが本望だと言うたよなッ」

健吾は吐き捨てるように言って、足を踏み鳴らしながら立ち去った。

見送りながら、曙覧はぽつりと歌った。

「たのしみはいやなる人の来たりしが　長くもをらでかへりけるとき」

「おまえ様……」

「まったく、健吾は年々、嫌な奴になってゆくな。だから、武家だの政事だのに関わるのが嫌なのだ……人柄まで変えてしまう」

曙覧はしょんぼりと肩を落とした。

その夜——。

月明かりだけを頼りに、九頭龍川《くずりゅうがわ》沿いの土手道を三国湊の方に向かって歩き、そこから先の越前海岸にある東尋坊《とうじんぼう》まで向かった。城下から、五里足らずの所であるが、さすがに途中からの険しい道に、曙覧は足の指にまめができるほどであった。

出かける直前、奈於が気づいて、

「何処へおいでになるのです。悪いことが起こりそうでなりません」

と縋《すが》るように訊いたが、曙覧は心配することはないと言い、行き先は告げず、いつもの気紛《きまぐ》れだと返しただけだった。

たしかに時折、心に浮かぶままに吟遊に出かけて、二、三泊してくることがある。だが今宵《こよい》は、健吾が来て、長野主膳や政事のことで荒々しく言い合っていたから、奈於としては気がかりだったのだ。

海風で歪《ゆが》んだ枝ぶりの松林と足下もおぼつかぬ岩場の山道を歩いて、曙覧が東尋坊に近づいてきた頃には、すっかり明るくなっていた。しかし、生憎《あいにく》の曇天《どんてん》で、鈍色《にびいろ》の海には囂々《ごうごう》と獣のような声の波が荒れていた。

気の遠くなるような歳月、波によって海岸の岩肌が削られ、十四間（約二十五メートル）余りの高さの岩壁が長く続いている。

かつて、千人を超す僧侶を擁《よう》する平泉寺《へいせんじ》には、東尋坊という怪力の生臭坊主がいた。悪行の限りを尽くすも、誰も取り押さえられぬ。そこで仲間の僧侶たちが、この断崖まで騙《だま》して連れてきて、酒に酔わせた上で崖から突き落としたのだ。たちまち、雷雨となって海は荒れ、激しい風が吹き荒れたという。

そこに至る松林の中に、ぽつんと炭小屋が建っていた。

壊れかけた炭小屋を見るなり、曙覧は疲れた足腰をさすりながら、一挙に駆け上っていった。その曙覧の後ろ姿を、夜中からずっと尾《つ》けてきていた数人の侍が見ていた。

「――やはり、五三郎のやつ……」

侍の一団の中から、歯ぎしりをしながら前に出てきたのは、健吾だった。

「もし、あの小屋の中に……小屋の中に、長野主膳を匿ってるに違いない。この際、五三郎共々、斬って構わぬッ」

健吾が決意を固めると、手下の侍たちはエッと驚きの目になった。曙覧とは大の親友だと知っているからだ。

「しかし、それは……」

「構わぬ。あいつはもはや友でもなんでもない。ただの大暴れの東尋坊も同じよ」

率先するように健吾は岩場の道を進んで、炭焼き小屋に近づいていった。まさに炭にするために伐採《ばっさい》してきた木材が、小屋の外に積み重ねられていた。

「おのれ、五三郎め……」

苦々しく顔を歪めて、健吾は問答無用に粗末な扉を足蹴にして押し入った。

すると、そこには背負っていた風呂敷包みを降ろしたばかりの曙覧が、仰天した顔で振り返っていた。小屋の中は薄暗く、蠟燭《ろうそく》の灯《あか》りが一本あるだけで、その前には無精髭《ぶしょうひげ》だらけの老人が座していた。

「吃驚《びっくり》した……健吾か……誰かに尾けられているような気はしていたが、まさかおまえだったとはな」

それには答えず、健吾は中に踏み込むなり、髭の老人の肩をひっ摑《つか》み、

「長野主膳ではないな」

「この人は、梅川越山《うめかわえつざん》という歌人だ。越中《えっちゅう》から俺を訪ねて来て、少しばかり教えていたことがある。見てのとおり、年を召しているが、還暦を過ぎてから歌を始め、今は家を捨て、親兄弟とも決別し、こうして庵を編んでおる」

「何処だ……」

ドンと越山を突き放して、健吾は署覧の前に立った。そして、本当のことを言わねば斬るとばかりに、腰の刀に手を当てた。

「嘘《うそ》ではない。越山殿はそれこそ越中富山《とやま》藩の藩士だった方で、隠居願いをしてまで、歌の道に入ったのだ」

「………」

「本当だ。調べてみるがよい。俺には西行《さいぎょう》のような世捨て人の気持ちは分から

ぬ。貴族でも武家でもなく、ただの町人ゆえな、栄花からの凋落《ちょうらく》した気持ちなど、分かりようもない。だが、越山殿は〝侘び寂び〟を極めるために、こうして……」

「ええい！　おまえの講釈なんぞ聞いておらぬ。大概にせぬと、本当にッ」

健吾は鯉口《こいぐち》を切った。その音が合図のように、連れてきた手下たちも押し入ってきて身構えた。

「何処に隠した。長野主膳を斬らねば、まことこの国はとんでもないことに……！」

もはや何を言っても無駄だとばかりに、曙覧は深い溜息をついた。

「――健吾……俺はおまえの考えや思いは正しいと思っておる。しかし、やり方がどうも気に食わぬ」

「食わぬがどうした。俺はな、おまえのように毎日、無聊《ぶりよう》を決め込んで、暢気に歌をさえずっている小鳥みたいな輩《やから》とは違うのだ。この国を真剣に憂えておるのだ……これが最後だ。本当のことを言え。でないと！」

「この越山殿は関わりない。やるなら、表に出ろ」

曙覧が腰を浮かせたとき、健吾は思わず刀を抜き払おうとした。その瞬間、その腕を摑んだ越山は、グイッとねじ伏せた。

「愚かなことをッ……橘先生は、いつもご貴殿のことを褒《ほ》めてばかりおる。ここには私の他は誰もおらぬ」

「は、放せ……」

「これでも昔は、藩の剣術指南役をしていたのでな、どうでもと言うのなら、私が相手をして進ぜよう」

グッと健吾の腕と肩を押さえ込んだ越山の力は、さほど強くはないはずだが、完全に関節を決めていた。健吾とて藩主側役をするほどの腕前だが、越山の融通無碍《むげ》な体術には敵《かな》わなかったようだ。手下たちも、その迫力に気圧《けお》され、身動きすらできないでいた。

「――そうか……分かったぞ……」

押さえつけられて苦悶《くもん》の表情ながら、健吾は必死に吐いた。

「おまえは……わざとこの東尋坊に来たな……俺たちをあらぬ方に誘って……その間に、長野主膳を、に……逃がしたのだな」

「そう思うなら、勝手にそう思え」

曙覧はもはや縁を切るとでも言うような口ぶりで、健吾を放してやるよう越山

に頼んだ。この場に〝獲物〟がいないのならば長居は無用だ。健吾は痺《しび》れた腕をさすりながら、

「覚えておけよ、五三郎……おまえのせいで、この国は必ず悪くなる……いずれ悔《く》やむのは、おまえの方だ……」

叩きつけるように言って、手下を引き連れて立ち去った。

「愚かな男だ……」

越山は呟いたが、曙覧としては忸怩たるものがあった。

それからわずか一月余り後——井伊直弼が大老になり、これまで滞《とどこお》っていた事態が、一気に怒濤《どとう》のように流れ始めるのである。

七

一時、老中や若年寄が全員一致で大老に迎えようとしたのは、松平慶永だったが、将軍の鶴の一声で、井伊直弼に決まった。豪気な水戸斉昭を毛嫌いしていた大奥が後押ししたとの風評もあったが、将軍に次ぐ権力者に、井伊直弼は四十四歳にして到達したのである。

就任に際して、井伊直弼は、菩提寺《ぼだいじ》の清涼寺《せいりょうじ》に、『宗観院殿柳暁覚翁大居士《そうかんいんでんりゅうぎょうかくおうだいこじ》』という自分の戒名を奉納している。一命をかけて、米国からの開国要求という難関を乗り越えるつもりだったのである。

しかし、幕府の権力は実質的に弱まっており、外交の決定も、朝廷の許しを得る必要があった。また人心を安定させ、開国の反対派に攻撃の口実を与えないためにも、朝廷の許可を申請した上で、

「幕府が力でもって反対派を弾圧するのは難しくない。ただ内乱で血を流したくない。時機がくれば、世論がどうであろうと、大老の責任において調印する」

と外交官であるハリスに約束した。だが、ハリスは調印を急ぎ、英仏連合艦隊もその勢いで日本に無理難題を迫ってきた。

しかし、直弼はまだ天皇から開国の許可を得ていない。許可無しで調印すれば、水戸派など攘夷派は無効を訴えて、直弼の失脚を狙うのは目に見えている。だが、調印しなければ、国全体が戦争に巻き込まれるかもしれぬ。

朝廷内は揉めに揉めた末、開国反対派が大勢を占めていた。もはや朝廷を説き伏せている時はない。孤独な決断を迫られた直弼は、「政事の本意は決断が肝要なり」と、安政五年（一八五八）六月十九日、朝廷の許可のないまま、日米修好

通商条約を締結してしまったのである。

「この責任は、この直弼ひとりが甘んじて受ける」

直弼は周囲の者に語りつつ、箱館、長崎、神奈川、新潟《にいがた》、兵庫の五港を開き、実質は開国したのだ。

同量同種による貨幣を使用できるとか、領事裁判権を認めるとか、居留民の信教を認めるなど十四条、貿易章呈七則から成る不平等な条約だったが、中国などと比べると、かなりましな条件であった。

同じ月の二十五日には、予定どおり、直弼の推《お》す、紀州の慶福が十四代将軍となって、家茂《いえもち》と名乗った。

水戸派は案の定、勅許《ちょっきょ》のない条約は無効だと訴え、京の町では、そんな条約を結んだ直弼を失脚させようという運動が沸《わ》き起こった。元若狭小浜《わかさおばま》藩士で、京で尊王攘夷派を指導していた梅田雲浜《うめだうんぴん》らが中心となって、攘夷運動を活発化してきたのだ。

そんな暗雲たれ込める中、直弼が驚愕《きょうがく》する事態が生じた。

朝廷が、水戸藩に勅状を出したのである。

——直弼の条約締結を非難し、水戸藩が中心となって、諸大名と力を合わせて、攘夷政策を執《と》れ。

というお達しである。

幕府を無視して、朝廷と大名が結びつくということは、天下動乱のもとになると、直弼が最も怖《おそ》れていたことだった。しかも、御三家の水戸家が、幕府の権力をないがしろにするとは、幕藩体制の根幹に関わる。

直弼は朝廷が渡した勅状を幕府に戻せと再三、水戸藩に詰め寄ったが、梨の礫《つぶて》である。その危機感に追い打ちをかけるように、直弼にとっては不穏な動きが生じた。

福井藩士で医者でもある橋本左内が、まだ燻《くすぶ》っていた一橋慶喜の将軍擁立を掲げて、公家《くげ》に接近したのだ。

その状況を見て、長野主膳は、

「ただただ、国家の大変がないように祈るばかりです。この悪逆の徒の根を断つことも、京の地に限り、江戸まで及ばしたくはありませぬな……」

と直弼に心境を語った。

思いは直弼も同じである。洗練された主膳と正反対で、鈍牛《どんぎゅう》と言われた直弼の風貌であったから、周りからは決断までもが鈍《にぶ》いと感じられていた。

「これらは、水戸斉昭様が煽《あお》っていることであり、公家まで勤王の志士と謀《はか》って討幕運動を画策しているのです……もはや開国か攘夷かの争いではありませぬ。まこと、直弼様が危惧《きぐ》していたとおり、血みどろの政権抗争になってしまいます」

「うむ……だが、我が井伊家は代々、京都守護を誇りにしていた。それゆえ、国学も盛んであり、天皇を尊敬している。御所が火事にあった時には、すぐに見舞いに駆けつけたこともある」

「はい……」

「必ず、我らの苦悩も、天皇の御心に届くに違いない。その望みがある限りは、決して公家は処分してはならぬ」

「されど、中途半端が一番、いけませぬぞ」

主膳は覚悟を迫った。かつては、

——厳しい刑罰で人を威嚇《いかく》してはならぬ。

と考えていた直弼と同じ考えだった。しかし、治安維持のためにはやむを得ず、このままでは内乱が広がって、下手《へた》をすれば外国をも巻き込んで、国中が戦禍に見舞われ、幕府が倒れてしまう。そう危惧していたのだ。

それゆえ、直弼はとうとう、世に言う〝安政の大獄〟を始めてしまうのだった。

梅田雲浜を始めとする反幕府分子の大検挙が、四次にわたって行われ、橋本左内、吉田松陰《よしだしょういん》、頼三樹三郎《らいみきさぶろう》など勤王の志士ら八人を、危険思想の持ち主だとして死罪にした。そして、直弼最大の敵である水戸斉昭を永蟄居《えいちっきょ》、さらに一橋慶喜と松平慶永を、隠居謹慎にしたのだ。

御三家や公家を含め、浪人に至るまで、百余名を断罪したのである。

越前福井城下では——。

藩主慶永がわずか三十一歳で、隠居させられた上、江戸の霊岸島《れいがんじま》の下屋敷に蟄居させられたことに、領民たちは地面に這《は》い蹲《つくば》うようにして涙した。英明の誉れが高く、藩政では非の打ち所のない殿様である。

しかも、慶永とて開明主義者であったのだ。

「もし、うちの殿様が大老になっていれば、徳川御一門ゆえ、攘夷派の水戸様ともっと上手く渡り合え、無用な争いをすることもなかったであろうに」

藩士も領民たちも、悔しさと怒りに駆られていた。同時に、福井藩に対して、何か咎《とが》めがあるのかという怖れもあった。

橘曙覧の『藁屋』にも、中根雪江から報《しら》せが届けられた。その文は、無念だとの思いに満ちていた。曙覧も思わず、涙を流して打ち震えた。

慰《なぐさ》める奈於や子供らに、曙覧は静かに言った。

「殿はこういう時勢だから仕方がないと、運命《さだめ》を受け入れられたのだ」

「なんと嘆かわしい……」

奈於も貰い泣きをしたが、静かに雪江からの文を見せながら、

「だが、殿は諦めてはおらぬであろう。必ずや、また違う局面がくると、お考えになっているに違いない。それまでは、大好きな歌を詠むと言うておる。ついては……」

「ついては……？」

「まずは良い和歌を贈ってくれとの、雪江様からの願いだが……畏れ多いことだ。俺のような一介の歌詠みが、殿上人に贈るなどということは……」

身分の上の人に選定して届けることは、本当に稀有《けう》なことなのだ。だが、曙覧としては、何としても、慶永を励ましたい思いに満ちていた。それは、心の奥に、申し訳ないという気持ちもあったからである。

——もし、あの時、主膳を庇っていなければ……。

という思いが蘇《よみがえ》ってきたのだ。

率先して逃がしたわけではない。だが、健吾が現れたことによって、主膳が無事に近江《おうみ》に逃げられるようにと、目を逸《そ》らせたことは事実だからである。

「吉田松陰様も、井伊直弼様と会ったことがあり、よい歌詠みだと褒めている。本当に、歌を詠んでいるだけでよいのならば、考えも似ている殿とも仲良くできたはずなのに……それが悔やまれる。何処で何が間違ったのだ」

曙覧自身の嘆きの歌も数首、選定和歌に添えて慶永に贈った。

八

井伊直弼死す――との報せを受けたのは、その翌々年のことだった。

万延《まんえん》元年（一八六〇）三月三日、節句にしては珍しい雪の中、直弼一行六十人が、桜田《さくらだ》門外に差しかかると、直訴を装った浪人が突然、行列に襲いかかってきた。

ひとりは銃を発砲した。その弾が不幸にも、駕籠《かご》の簾《すだれ》越しに、直弼の腰に命中した。さらに、行列見物を装っていた者たち総勢十八人が、直弼の駕籠に駆け寄り、何度も刀を突き立てた。直弼は居合いの達人だったが、まったく抵抗も見せず、首を取られたのだ。

その事件のわずか十日程の後、江戸にいたはずの健吾が単身、『藁屋』に現れた。

越前の雪はまだ深い。ザックザック……と、いつぞやのようにかんじきを踏みしめながら、曙覧の前に立った簑笠姿の健吾は、妙に爽やかな顔をしていた。

「これで、この国は……日本は無用な殺し合いなどはせずに、異国と付き合うことができるであろう」

健吾は自信満々の声で言ったが、事情を知った曙覧は俄に不安になって、

「まさか、おまえも井伊大老の暗殺に加担したのではあるまいな」

「それはない。だが、してやったりと思った。手を下したのは、おそらく水戸や薩摩の連中であろう。俺も江戸では色々な考えのもののふと毎日のように会い、議論を重ねておったからな……井伊大老が何者かに狙われるであろうことは、感じておった」

「……………」

「これで、我が殿は蟄居から解き放たれ、思う存分、その才覚でもって国難を打

開するであろうことは間違いあるまい」

「しかし……殿は、やはり開国を唱えておる。内乱を抑えて国を富ませ、欧米列国と付き合っていくという考えは、井伊大老と同じなのではないのか？」

「開国は時勢の流れかもしれぬ。だがな、五三郎……井伊大老は幕府を潰す考えはなかった。あくまでも幕藩体制の維持をすることに拘った。だが、我が殿は徳川御一門でありながら、天皇を中心とした新しい国家像を描いているのだ。旧態依然とした政事では、異国と対等にやりあうことができぬと、よくご理解しておられるのだ」

その先鋒《せんぽう》であった橋本左内は二十六歳の若さで処刑されてしまった。松平春嶽は嘆き苦しんだが、健吾は不謹慎な言い方だがと断って、不幸中の幸いだと言い切った。

「水戸藩では大勢の処刑者が出たが、我が藩は左内殿ただひとり……いわば、左内殿ひとりが国難を救ったのだ。本人も安堵《あんど》しているやもしれぬ」

「…………」

「左内殿の遺志を受け継ぐ門弟が何人もおる。それに、我が藩にはまだ三岡八郎《みつおかはちろう》がおる」

由利公正のことである。八郎は、春嶽が蟄居を解かれて後、幕府の大老に代わる役職、政事総裁職《せいじそうさいしょく》に就いた際には、側用人となり、勝海舟や坂本龍馬《さかもとりょうま》とも深く交流している。

むろん、健吾も坂本龍馬とは面識があり、八郎ともども意気投合した。

春嶽が福井に帰藩してから、坂本龍馬は二度、福井を訪れているが、その際、長崎の写真家・上野彦馬《うえのひこま》に撮影された写真を記念にと、八郎は受け取っている。だが、その写真を誤って川に流してしまった。その直後、坂本龍馬は暗殺されたのだ。

「八郎殿は、肥後《ひご》熊本の儒者である横井小楠殿から『経世安民《けいせいあんみん》』の思想を深く学び、自らも、『民富めば国富むの理である』の考えを固めて、実践している。殿が為《な》されてきたこととも、志が同じであろう?」

「まさしく、そうだな」

曙覧は心の何処かでほっとした心持ちがあった。とにもかくにも内乱は避けられたのではないかと、思ったからである。

「おお、そうだ……井伊大老は、襲撃をされる前夜に、こんな歌を残していたそうだ。彦根藩の者から聞いたのを、書き留めてきただけだがな……どうだ、出来具合は」

と健吾は短冊を差し出した。そこには、

――咲きかけしたけき心の花ふさは　ちりてぞいとど香の匂《にお》ひぬる。

と書かれてあった。

それを詠んだ曙覧は、アッと目を見開いた後、静かに目を閉じた。その目尻から、涙が一筋、つうっと流れた。

「咲きかけた花のように、勢いのある自分の信念は、その花が散ってから強く香りを放つように、死んでから光り輝くのだ……前夜と言ったな、健吾……井伊大老は、暗殺されることを承知で、登城したのかもしれんな」

「え……？」

「この歌は、俺には、そうとしか読めん」

井伊直弼が死んで二年後に、長野主膳は、彦根藩主の直憲《なおのり》から疎まれて斬首となり、葬儀も行われなかった。幕府への遠慮があったからだとも言われている。

世の中は一気に様相が変わってきた。

だが、社会不安が治まったわけではなく、まだまだ拡大して、混乱を極めていた。そんな中で、春嶽は横井小楠らと謀って、たとえ福井藩が滅んでも国を救うという熱き思いで、上洛《じょうらく》して混乱を静めようとした。だが、理想が高すぎたのか、この計画は頓挫《とんざ》してしまった。

春嶽としては、ただただ民心の不安定な社会情勢を憂えているからこそ、武力に依《よ》らず政局を治めることを繰り返し訴えた。そして、米騒動や打ち壊しなどの現実を受けて、封建《ほうけん》制度のまま、民衆から厳しく収奪する方法を批判し続けたのだ。

時は、慶応《けいおう》元年（一八六五）になって——。

やはり、まだ寒い二月のある日、ぶらりと中根雪江が訪れてきた。

すでに隠居の身であったが、まだまだ壮健で、歌の師と仰ぐ年下の曙覧を時折、訪ねてきていたのだ。しかし、今日は藩士らが三十人余り随行しており、家老格だった身分とはいえ物々しいなと思っていると、

「驚いてはなりませぬぞ、曙覧先生」

「何事ですかな」

「大殿がいらっしゃいました。野遊びのついでと言ってはなんだが……いや、先生に会うために、鷹《たか》狩りや野遊びという口実で城を出られて参ったのじゃ」

「ご冗談を。まさか、春嶽様……」

と曙覧が言いかけていると、雪江とともに来ていた藩医の半井仲庵《なからいちゅうあん》が、春嶽を案内してきた。その姿を見て、曙覧は感激のあまり、その場に正座をした。

「御城内で一度だけ、ご尊顔を拝しましたが、それ以来のご無沙汰でございます。この正月には、大殿が詠まれた素晴らしい和歌と貴重な煙草《たばこ》をお贈り下さり、恐縮至極でございます」

曙覧は丁寧に挨拶をした。

春嶽の方も、まるで何十年も会っていなかった肉親に邂逅《かいこう》したかのように、温かな瞳で見つめた。ずっと隠していた感情が爆発したように、ズイと曙覧に近づくと、

「会いたかった……蟄居の身にある時、曙覧殿からいただいた和歌……何度も何度も繰り返し読んでは、この胸が熱くなっておった……」

「畏れ多いお言葉……」

「まことじゃ。庭にもろくに出ることのできぬ身だったゆえな、さすがに沈鬱《ちんうつ》な気持ちになったが、幾度、そなたの歌に慰められたことか……改めて、礼を言うぞ」

「お慰みになられたのでしたら、それで私は幸せに存じます」

平伏する曙覧に、春嶽は何度も頷きながらも、顔を上げてくれと言い、

「そなたの歌には、心から自然を愛でる気持ちと、分け隔てなく人々に対する情愛に満ち溢れている。素朴な中に、人として当たり前に涌《わ》き上がってくる慈愛がある」

「とんでもございません」

「それだけではない。そなたの深い歌道への取り組みは、政事にも通じる、大きな理想を感じ取ることができた」

さらに曙覧に近づいた春嶽は、まるで長年の親友のような口ぶりで、

「たとえば、議論じゃ……西欧では、大勢の人々が集まって、色々と自分たちの暮らしぶりを語り、どうすれば貧しさから脱却できるか、みなが等しく幸せになれるか、世の中が改善されるかなどと、話し合いをするようだ。そういう寄合、議会というものを、町人や百姓も交えて、これからは我が国もせねばなるまいと思う」

「……難しいことは分かりませぬ」

「庶民の処世観とでもいおうか……そなたの歌からは、そういうものも感じ取ることができる。人々の生の声や訴えを聞くことで、この世を支える無数の人々の

気持ちを理解し、それに基づいて政事をするのが、政事の本道だと余は考えておる」

「――ははっ」

さらに恐縮する曙覧に、春嶽はニコリと微笑みかけて、

「忌憚のないことを言うが、気を悪くするでないぞ」

「何なりと」

「屋根は雨漏りがしそうだし、壁は落ちかけておる。障子《しょうじ》は破れ、畳はすり切れているが、机の上には本がうずたかく積まれてある」

春嶽は目の届く限り、荒ら屋の中を見廻しながら続けた。

「あそこにあるのは、柿本人麻呂《かきのもとのひとまろ》の彫刻像であるか……見るからに粗末な厨子《ずし》に入っておるものの、そなたの雅《みやび》な心は、ずっしりと伝わってくる」

「お恥ずかしい限りです」

「余は何不自由ない御殿に住んでおるが、心の中には、そなたほどの本はあらず、心は寒く貧しい……これからは、上っ面の歌ばかりではなく、心の雅も学ぼうと決心をした。今後ともよしなにな」

「ますますもって、畏れ多いお言葉。私には勿体《もったい》のうございます。せっかく、お

越し下さったのに、召し上がって貰える菓子も茶もございませぬ」

「ならば、曙覧……」

気の昂《たか》ぶるままに、春嶽は言った。

「城中に召したい。そこで和歌を、国学を教えて貰いたい。せめて、藩校の明道《めいどう》館《かん》にて教鞭《きょうべん》をとってくれぬか」

「あ、それは……以前にも、原健吾に伝えましたが……」

曙覧は恐縮しながらも、

――花めきてしばし見ゆるもすずな園　田盧《たぶせのいお》に咲けばなりけり。

と歌って断ったのだ。

深い田舎の畑であるから花めいて見えるけれど、城中に上がれば花とは見られないでしょうと、曙覧は遠慮したのだ。藩主の命ならば、喜んで従うべきところだが、清貧の中で暮らし続けることを、決然と選んだのである。

それに対して、春嶽はしばらく黙していたが、こう返歌を贈った。

――すずな園田伏のいほに咲く花を　しひては折らじさもあらばあれ。

野に咲きたいと辞退する曙覧の心意気を感じて、春嶽も無理は言わず、きれいサッパリ諦めたのだ。

だが、『藁屋』という自虐的な庵の名はよくない。橘家の流れを汲《く》むのであるから、『忍ぶの屋（志濃夫廼舎《しのぶのや》）』としなさいと、春嶽が命名した。風雪に耐えながら、濃い志を抱いているという意味であろうか。そして、春嶽はせめてもと思ったのか、年に十俵の扶持《ふち》を与えた。その殿の対処には、

――御めぐみの露をあまたに戴きて　すずろ色そふすずな園かな。

と奏上し、市井《しせい》の人として、人生をまっとうするのである。

慶応三年（一八六七）十月――。

左内や健吾の思いが咲いたのか、大政奉還《たいせいほうかん》がされたときに、曙覧は朗々たる歓喜の歌を詠んでいる。

――百千歳《ももちとせ》との曇《くも》りのみしつる空　きよく晴れゆく時片まけぬ。

――あたらしくなる天地《あめつち》を思ひきや　吾が目昧《くら》まぬうちに見んとは。

武家社会が終わって、新しい世の中になるのを生きているうちに見ることができると、大いに喜んだ。しかし、その頃から体調を崩し始め、病にて没したのは、明治に改元されるわずか十日前のことであった。

小杉健治

跡《あと》取《と》り

著者・小杉健治《こすぎけんじ》
一九四七年、東京生まれ。八三年「原島弁護士の処置」で、オール讀物推理小説新人賞を受賞しデビュー。八七年『絆』で日本推理作家協会賞を、九〇年『土俵を走る殺意』で吉川英治文学新人賞を受賞する。以降、社会派推理、時代小説の旗手として絶大な人気を誇る。主なシリーズに、「風烈廻り与力・青柳剣一郎」（祥伝社文庫刊）など多数。

一

南伝馬町《みなみでんまちょう》三丁目にある紙問屋『広田屋《ひろたや》』の主人文治郎《ぶんじろう》が八丁堀《はっちょうぼり》の宇野清左衛門《うのせいざえもん》の屋敷を訪れた。大名家にも出入りを許されている大店《おおだな》である。

清左衛門は南町奉行所の年番方与力《ねんばんかた》である。年番方は奉行所内の最高位の掛かりであり、金銭の管理、人事など奉行所全般を統括する部署だ。

与力の最古参である清左衛門には大名家や商家から付け届けがある。

何か問題が起こったときにお目溢《めこぼ》しを願うのであり、『広田屋』の主人文治郎も清左衛門に付け届けをしている。もちろん、奉行所にもかなりの付け届けを怠《おこた》らない。

その文治郎が暗い顔をして、清左衛門に訴えた。

「私どもの家の下男が町で喧嘩《けんか》をしてひとを殺《あや》めてしまいました。かの者はまじめで働き者でございます。どうか、詮議《せんぎ》の場にて私を証人としてお呼びいただけるようにお取り計らい願いたいのでございます。ぜひ、その男のひととなりを語りたいのでございます」

「言葉は悪いが、大店の主人からすれば、たかが下男風情《ふぜい》ではないのか。それほど、その男を庇《かば》うのには何かわけでも？」

清左衛門は下男に目をかける広田屋を好ましく思いながらきいた。

「さっきも申しましたように、朝から晩までよく働き、薪割《まきわ》り、風呂の沸《わ》かしなどの下男の仕事はもとより、店に荷が入れば、大八車《だいはちぐるま》から土蔵まで運ぶのを手伝ってくれたりしています。感心に思っていましたので」

「名はなんと言う？」

「平太《へいた》です」

「平太？　いくつだ？」

「二十五歳です。まだ若いのに下男としてしか働けないのが不憫《ふびん》でしてね」

「なぜまた？」

「本人は顔のせいだと本気で言ってました」

「顔？」

「はい。目付きが鋭《するど》く、頬《ほお》が削《そ》げて頬骨も突き出ているので、相手を怖がらせてしまうそうです。もともと、無口な性分ですから、商売に向いていないんです」

「その男の顔に他に何か特徴は？」

「鼻の横に大きな黒子《ほくろ》がありました」

「………」

「宇野さま、何か」

「いや。わかった」

あることを思いだしたのだが、まさか、そんなはずはないと思った。

「わしが吟味《ぎんみ》与力に強く働きかけるわけにはいかないが、詮議にそなたを証人として呼ぶように取り計らおう」

清左衛門は広田屋に言った。

「お願いいたします」

「ところで、広田屋。孝助《こうすけ》の結婚を許してやらないのか」

清左衛門は話題を変えた。

「はい、いくら倅《せがれ》が望んだ娘でも、これぱかりは……。店のことを考えたら、同じような商家の娘にすべきなのです」

「しかし、職人の子だが、お菊《きく》は器量好《よ》しで、素直なやさしい娘だ。きっとよかったと思うはずだ」

お菊は、清左衛門の屋敷に出入りをしている畳職人彦造《ひこぞう》の娘である。

「はい。じつのところ、私もすっかり気に入っております。しかし、お武家さまも同じかと思いますが」

「格が違うか」

「先日、彦造さんが『広田屋』にやって来たので、釣り合わぬは不縁のもとと申しますからとお断りをいたしました」

「下男にも目を配るほどのそなたが家格を気にするとはな」

清左衛門はため息をつかざるをえなかった。

「これは『広田屋』の跡取《あとと》りとして生まれた運命でございます」


広田屋が引き上げたあと、清左衛門はお菊へ思いを馳《は》せた。

彦造も、ほんとうは弟子《でし》の中からお菊にふさわしい男を選んで婿《むこ》にし、家業を譲《ゆず》るつもりだったのだ。だが、彦造は娘の仕合わせを第一に考え、嫁に出す決心をした。

しかし、『広田屋』は大店だけに、商売を第一にしなければならなかった。

清左衛門はふと倅のことを考えた。長男の誠太郎《せいたろう》は十九歳のとき、流行《はや》り病《やまい》にて早世した。生きていれば二十七歳になる。

妹の千草《ちぐさ》に婿をとり、宇野家を継いでもらうのが当然なのだが、清左衛門はそれをしなかった。

千草は書院番士の若者と恋に落ちた。書院番士は将軍の身辺警護に当たる重要な役職で、先の出世が見込まれていた。

その輝かしき将来を捨ててまで、八丁堀与力にさせるのは忍びなかった。本来なら、千草にその若者のことを諦《あきら》めさせるべきだったが、清左衛門はそうはしなかった。

妻の伊代《いよ》も同じ考えだった。宇野家は誠太郎が継ぐべき家であり、誠太郎以外の者が継いでも、それはもはや宇野家とは別の家だ。

伊代がやってきた。

「広田屋さんは、やはりお菊さんのことを許しませんか」

「うむ。この先の商売のことを考えたら、大店と縁戚関係を結んでいたほうがよいのだ」

「そうでしょうね。もし、千草にもうひとり男の子が生まれたら……」

嫁いだ千草は男の子を産んだ。もうひとり男の子が生まれたら、というのは欲張りというもの。

「期待するのはよそう。千草にも負担をかける。宇野家は誠太郎をもって終わり……」

清左衛門はふいに突き上げてくるものがあった。誠太郎がいてくれたら……。ときたま、その思いが湧《わ》いてくる。

「もし、わしが死んだら」

清左衛門は老妻に語りかける。

「千草の世話を受けるがよい」

「いえ。私はどこかでひとりで暮らします。千草には千草の暮らしがありましょうほどに」

「そうだな」

幸い、付け届けがかなりあって、伊代の暮らしに困らないほどの貯《たくわ》えはある。また、この家を守らないのなら、与力株を売って金が手に入る。

その夜はいやにしんみりした時間が流れた。

数日後、宇野清左衛門は詮議所の襖《ふすま》の前に腰を下ろしていた。そこに、隣の詮議所に向かう吟味方の同心が通りかかった。

「宇野さまではございませんか。なぜ、このようなところに？」

「気にせんでいい」

清左衛門は不機嫌そうに言う。

「はあ」

同心は首を傾《かし》げながら通り過ぎた。

先日、吟味方与力の橋尾左門《はしおさもん》に、事件のあらましをきいた。

『広田屋』の平太はある夜、京橋川《きょうばしがわ》沿いの竹河岸《たけがし》にある居酒屋『梅田屋《うめだや》』に行った帰り、野州佐野《やしゅうさの》から江戸見物にやって来た吉五郎《きちごろう》という四十三歳の男とすれ違い際《ぎわ》に体がぶつかってしまった。平太がいくら謝っても相手が許そうとせず、かっとなった平太は持っていた匕首《あいくち》で刺して殺したというものだった。

清左衛門は詮議に影響を与えるような真似《まね》をしたくないので、ただ、『広田屋』の主人の話も聞くようにと言っただけだ。

もっとも橋尾左門はたとえお奉行の命であっても、詮議に手心を加えるような男ではない。

詮議がはじまっている。襖の隙間《すきま》から中を見る。座敷の中央に、吟味方与力の橋尾左門の背中が見える。庭近くに、書役同心と見習い与力の青柳剣之助《あおやぎけんのすけ》が控《ひか》えている。

白洲《しらす》に座っているのが平太という二十五歳の男だ。目付きは鋭く、痩《や》せて頬骨が突き出ているので凄《すご》みが感じられるが、どこか寂《さび》しそうな印象も受ける。

清左衛門は自分の顔色が変わるのがわかった。

「吉五郎とどういうわけで喧嘩になったのだ？」

左門の声が耳に飛び込んだ。

「すれ違うとき、酔っていたもんで足がもつれ、あのひとの体にぶつかったんです。何度も謝ったんですが、許してくれませんでした」

平太が吉五郎に土下座しているのを、通りかかった職人が見ていた。

「なぜ、吉五郎はそれほど謝ってるのに許してくれなかったのだ？」

「わかりません」

「それで、かっとなったのか」

「はい。こんなに謝っているのにと思うと、頭に血が上って……」

「ところで、なぜ匕首を持っていたのだ？　そもそも、なぜ商家の下男が匕首を懐《ふところ》に忍ばせていたのだ？」

左門が厳しく追及する。

「いつぞや、外出した帰り、ごろつきに絡《から》まれたことがあって、それからは身を守るために持っていました」

「ごろつきに絡まれるなど、そうしょっちゅうあるまい。それに、絡まれたら助けを求めるか、逃げればいいではないか」

「誰も助けちゃくれません。あっしはこんな顔つきのせいか、ごろつきに言いがかりをつけられやすいんです」

やりとりをきいていた宇野清左衛門は襖の隙間からもう一度、平太の顔を見た。

（六兵衛《ろくべえ》……）

思わずつぶやく。

六兵衛と顔が似ている。まさか、六太郎《ろくたろう》では……。

「ほんとうに、吉五郎を知らなかったのだな」

「はい。知りません」

清左衛門は胸を締めつけられる思いで平太を見た。六太郎だとしたら、あれから十年、どんな暮らしをしてきて、『広田屋』の下男になったのか。

「さて、平太。今回の事件については他にも疑問がある。なぜ、そなたは、居酒屋に出かけたのか。ふだんは、夜めったに外出をしなかったそうだが?」

「たまには気晴らしをしたいと思いまして」

平太は即座に答える。

「なぜ、『梅田屋』に行ったのだ?」

「たまたま、目についたんです」

「そこで、遊び人ふうの男と会っていたそうだが」

「ひとりで吞《の》んでいたら声をかけられたのです。でも、男はすぐ帰りました」

「知っている男か」

「いえ、知りません」

「男が引き上げたあと、そなたも急いで出て行ったそうではないか」

「いえ、違います」

「違うとは?」

「そろそろ帰ろうかと思っていたのです。朋輩《ほうばい》の下男に五つ半(午後九時)までには帰ると言って出て来ましたから」

「どのくらい吞んだ?」

「銚子《ちょうし》二本です」

「銚子二本で、足元がおぼつかなくなるのか」

「あの夜は酔いがまわるのが早かったのです」

清左衛門は妙にすらすら平太が答えているのが気になった。自分が吟味方与力のときにもあったが、あまりにもよどみなく答える男は何かを隠している可能性が高いので注意しなければならない。

清左衛門は長く吟味方与力をやり、その後に同心支配を経て、年番方になったのである。

平太は予《あらかじ》め筋書きを作っていて、それに沿って答えているように思えた。

「さて、そのほうは『広田屋』の主人文治郎であるな」

いつの間にか、広田屋が質問を受けていた。

「はい。さようでございます」

広田屋はやや緊張した声で答えた。

「この平太を雇った経緯を話してもらおうか」

「はい。半年前に下男をしていた安吉《やすきち》という男が事故で亡くなり、あわてて『宝《たから》屋《や》』という口入屋に頼んだところ、平太を紹介されたのです。請人《うけにん》も信用出来るというので雇うことにしました」

「働きぶりはいかがであった?」

「はい。真面目《まじめ》で、よく働いてくれました。下男の仕事だけでなく、荷の運びも進んで手伝ってくれて、ほかの奉公人からも信頼されていました」

「あの夜、平太はお店を抜け出したが、知っていたか」

「いえ、知りません」

「平太は酒を呑みに行ったと話している。『広田屋』では、奉公人の夜の外出を許しているのか」

「いえ、許していません。ただ、若い者のことですので、たまにこっそり夜遊びに出かける者がいることは知っています。でも、たまになら見てみぬ振りをしています」

六太郎だとして、なぜ下男の仕事をしていたのか。もっと他に出来ることもあったのではないか。

広田屋が言うように、怖い顔つきなのと無口なので商売にも向いていないということか。

最後まで聞かずに、清左衛門は立ち上がった。

二

その夜、清左衛門は茅場町《かやばちよう》の薬師堂《やくしどう》近くにある畳職人の彦造の家を訪れた。

妻女の案内で、奥の部屋に行くと、彦造は仕事を終えて一杯やっているところだった。

「これは宇野さま。申し訳ございません。こんなざまで」

彦造はあわてて、徳利《とつくり》を片付けようとした。

「構わぬ。そのまま」

清左衛門は彦造の前に座るなり、

「六太郎のことを覚えているか」

と、いきなり切り出した。

彦造は悲しそうな顔で、

「六太郎のことは、この十年、忘れたことはありません」

と、絞《しぼ》り出すような声で言った。

二十数年前のある事件がきっかけで、当時生まれて一年にも満たなかった六太郎は、彦造夫婦の養子として引き取られた。

　子どものいない彦造夫婦は実の子のように慈《いつく》しんできた。その後、女の子に恵まれ、お菊と名づけられた。六太郎は七歳下の妹の面倒をよく見て可愛《かわい》がった。

だが、十五の春、六太郎は突然、家を飛びだした。

「六太郎がいなくなったあと、うちの奴《やつ》は寝込んでしまいました。六太郎の無事を祈り、水垢離《みずごり》を取ったこともありました」

「そうだったな」

　清左衛門は応じる。

「宇野さま、なぜ、そのような話を？」

「うむ」

　清左衛門は言いよどむ。

「何か六太郎のことで？」

　はっとしたように、彦造は顔色を変えた。

「六太郎が見つかったのですか」

　何かに気づいたように、彦造はきいた。

「わからぬ。だが、似ているような気がする」

「誰ですか。どこにいるのですか」

「……牢屋敷《ろうやしき》だ」

　一瞬迷ったが、清左衛門は口にした。

「牢屋敷……」

「『広田屋』で下男をしていた平太という男だ」

「『広田屋』の下男？」

　そう言ったあとで、あっと彦造が声を上げた。

「もしや、あの男では……」

「知っているのか」

「へい。先日、娘のことで、広田屋さんに会いに行きました。そのとき、下男らしき男を見たのです。一瞬、六太郎かと思いました。でも、違うと」

　彦造の娘のお菊が『広田屋』の長男孝助と恋仲になったが、広田屋が結婚に反対をしていた。

「その男が平太だ。半年前から下男として働いている。二十五歳だ」

「六太郎と同い年です」

「そうだ。鼻の横に黒子がある」

「黒子は六太郎にもありました」

彦造ははっきり言う。

「宇野さま。平太という男、何をしたのでしょうか」

「喧嘩でひとを殺した」

「げっ、ひとを……」

彦造は焦《あせ》った顔で、

「ほんとうに六太郎なのでしょうか」

と、声を震わせてきいた。

「わからぬ。確か、六太郎はふっくらとした顔立ちだったような気がしたが？」

「はい。そのとおりです」

「だが、平太は頬が削げて、鋭い顔立ちだった」

「では、違うように思えますが」

「だが」

平太の顔を見たとき、父親の六兵衛を思いだしたことは言わずに、

「十年の歳月が変えたのかもしれない。この家にいたころとはまったく別の環境で暮らしてきたのだ。彦造」

清左衛門は口調を改め、

「一度、こっそり、平太を見てもらいたい」

十年前の六太郎は確かにふっくらとした顔立ちだった。十年経《た》って、平太は変貌を遂げたとはいえ、まだ二十五だ。

彦造が見れば、はっきりするように思える。

「三日後に、小伝馬町《こでんまちょう》の牢屋敷から詮議のために奉行所にやって来る。そのとき、顔を見てもらいたい」

彦造は思いつめたような顔で頷《うなず》いた。


三日後の朝、清左衛門は彦造といっしょに奉行所の小門を入った左手にある仮牢の脇で身を隠して待った。

きょう取調べを受ける者たちが小伝馬町の牢屋敷から連れて来られ、この仮牢で詮議の順番を待っている。

やがて、平太が呼ばれ、仮牢から出てきた。

彦造は目を見開いて見つめている。平太は同心に連れられ、詮議所に向かった。

「どうだ?」

清左衛門は声をかけた。

「六太郎です」

彦造はひきつったような顔でやっと口を開いた。

「宇野さま。会わせてください。確かめてみます」

「いや。おそらくとぼけるだろう。ひと殺しで捕まったのだ。そんな姿を、そなたには見せたくないであろう。とぼけられたら、それ以上、追及出来ない」

「へえ」

「もっと詳しく六太郎のことを調べてみる。なぜ、『広田屋』で下男になっていたのか。どんな暮らしをしてきたのか。それからだ」

「でも、ひとを殺した六太郎にどんなお裁きが?」

彦造は青ざめた顔できいた。

「今、詮議中だ」

「でも、ひとを殺したからには死罪……」

「いや。広田屋も情状酌量《じょうじょうしゃくりょう》を求めて訴えてくれた」

しかし、それが認められたとしても、遠島《えんとう》は避《さ》けられまい。

「いずれ、会えるように取り計らう。もうしばらく待つのだ」

「へい」

彦造は力なく頷いた。

彦造を見送って、清左衛門は年番方の部屋に戻った。

文机《ふづくえ》の前で、しばし瞑想《めいそう》に耽《ふけ》っていたが、ふと目を開け、見習い与力に、青柳剣一郎《けんいちろう》を呼ぶように命じた。

「畏《かしこ》まりました」

見習い与力が与力部屋に向かったあと、再び、清左衛門は目を閉じた。そして、思いは二十六年前に遡《さかのぼ》った。


当時、遊び人の六兵衛と情婦おこんのふたりは美人局《つつもたせ》をして男たちから金を脅《おど》しとっていた。

鴨《かも》にする男に持病の癪《しやく》を訴えて介抱させ、待合茶屋に連れ込む。いざことに及ぼうとしたときに六兵衛が飛び出していき、俺の女房に何をするのだと凄んで金を脅し取る。

あるとき、いつものように鴨の男を誘い、待合茶屋に連れ込んだ。そして、お決まりのように六兵衛が飛び出して金を脅し取ろうとした。が、その相手は内偵を続けていた岡っ引きだった。商家の主人になりすまして囮《おとり》になっていたのだ。

そのことに気づくと、六兵衛はかっとなって匕首で岡っ引きの胸と腹を刺して殺してしまった。

六兵衛とおこんは駆けつけた町方の者にすぐ捕まった。

このふたりを詮議したのが、当時、吟味方与力の清左衛門だった。まだ三十前でありながら、鬼与力と呼ばれ、罪を犯した者たちを厳しく取り調べた。

「お呼びでございましょうか」

剣一郎がやって来た。

「おう、青柳どの」

清左衛門はすぐ腰を上げ、空いている小部屋に連れて行った。

青柳剣一郎は、奉行所の中でもっとも信頼している男だ。奉行所の与力、同心からも慕《した》われているが、それ以上に江戸の人々からも青痣《あおあざ》与力と呼ばれ、絶大な信頼を得ている。

本来の掛かりは風烈廻《ふうれつまわ》りで、風の強い日などに火事の用心のために市中を見回る役なのだが、難事件が起こるたびに特命にて探索を依頼している。

自分がいなくなったあと、南町奉行所を託せるのは剣一郎を措《お》いて他にいない。

「宇野さま、何か」

差し向かいになってから、剣一郎がきいた。

「二十六年前、わしが吟味方与力に抜擢《ばってき》されて間もないころだ。その頃、青柳どのは十四、五。元服をしたころであろう」

突然の昔話に戸惑《とまど》っただろうが、剣一郎は穏やかな表情で、

「兄が生きておりましたので、まさか私が奉行所で働くようになるとは想像さえしていないころでした。さようでございましたか。その頃、すでに宇野さまは吟味方与力であられましたか」

「うむ。古い話だ」

清左衛門は頷いてから、ふと思いだしたように、

「青柳どのは、その頃は部屋住みであったのだな」

「はい」

「人間の運命などわからないものだ」

剣一郎の兄が不慮の死を遂《と》げたために、剣一郎が兄に代わり、奉行所に出仕す

るようになったのだ。

「その当時、わしが扱った事件に、美人局に絡む殺しがあった。殺されたのは囮になった岡っ引きだ。六兵衛とその情婦おこんのふたりは美人局を繰り返し、多くの鼻の下の長い男から金を巻き上げていた。そこで、殺された岡っ引きが内偵をしていて、うまく囮になったのだ。ところが、岡っ引きだと知った六兵衛はかっとなって持っていた匕首で岡っ引きを突き刺したというわけだ」

剣一郎は黙って聞いている。

「わしは六兵衛を詮議し、余罪も含め、すべての罪を明らかにした。例繰方《れいくりかた》の判断を待つまでもなく、死罪は間違いなかった。また、情婦のおこんは遠島となった」

清左衛門は深くため息をついてから、

「六兵衛への刑の宣告はわしが牢屋敷に出向いて行なった。六兵衛は三十三歳だったが、すでに観念していたようで、死罪の宣告に、素直にありがとうございましたと答えた。最後に、何か言い残すことがあるかと、わしはきいた」

刑の宣告と執行は同時であり、このあと、牢屋敷内の隅にある処刑場で斬首となる。

「すると、六兵衛はこう訴えた。おこんはあっしの子を身籠《みご》もっております。無事、産ませてやりとうございます。ただ、無事に生まれても、罪人のおこんには育てることは出来ません。どうか、子どもが生きていけるように、お取り計らいをお願いいたします」

清左衛門は目を閉じ、六兵衛の姿を思い浮かべながら言った。

「で、おこんは無事に子を産んだのですか」

「男の子を産んだ。牢屋敷で生まれた子だ。おこんは六太郎と名づけた。物心つかないうちに、子どもを養い親のところに預けたほうがよいのだが、おこんが不憫なので半年ほどおこんに赤子を育てさせた。もちろん、牢屋敷内でだ」

「そんなことがあったのですか」

剣一郎が表情を曇《くも》らせたのは、この赤子にその後、何かが起こったのだと想像がついたからであろう。

「わしの家内が、その赤子を不憫がり、我が家に迎えたいと言いだした。だが、罪人の子を与力の養子にすることは難しかった。ちょうどそのころ、奉行所や八丁堀の屋敷に出入りしている畳職人の彦造という男がいた。当時で二十八歳だった」

「今も出入りをしている彦造ですね」

「そうだ。彦造夫婦に子どもがなく、死罪になった男と遠島になった女の子であることを承知の上で、六太郎を引き取ってくれた」

清左衛門は一拍の間を置いて続ける。

「彦造夫婦は六太郎をよく可愛がった。六太郎が八歳のとき、妹お菊が生まれた。六太郎はお菊の面倒をよく見て、お菊も六太郎にはなついていた。彦造は六太郎に跡を継がせるべく、仕事を教え込んでいった。ここまでは、誰もが羨《うらや》む仕合わせな一家の姿がそこにあった」

清左衛門は言葉を詰まらせ、

「ところが、十五の春。六太郎が家を出て行ってしまった」

と、悔《くや》しそうに言った。

「その後、まったく消息は不明になってしまった」

「家を出た理由は？」

剣一郎がきく。

「彦造夫妻にまったく心当たりはなかった。だが、あとで、わかった」

「それは？」

「おこんだ」

「遠島になった母親ですね」

「そうだ。その前の年に、恩赦《おんしゃ》でおこんが島から帰ってきていたのだ」

「では、おこんが六太郎を連れ出したと？」

「そうだ。おこんは六太郎が彦造夫婦に引き取られたことを知っている。六太郎を引き離すとき、おこんを安心させるために、わしが話した」

「六太郎にしてみれば、いきなり母親だという女が現われたわけですが、おこんの言うことを信じたのでしょうか」

「血のつながりで、何か通じ合うものがあったのかもしれない。あるいは、父親がひと殺しだと知り、自暴自棄《じぼうじき》になったか……。ともかく、おこんが六太郎を連れ出したのに間違いない」

「………」

「彦造夫婦は懸命に探したが、ついに見つからなかった。江戸を離れたのであろう。それから十年」

「六太郎らしき男が現われたのですね」

剣一郎が言う。

「そうだ。今、橋尾左門が殺しの疑いで詮議をしている『広田屋』の下男で平太という男がどうも六太郎に似ているのだ。いや、わしから見れば、父親の六兵衛に似ている。幼いころは母親に似ていたが、だんだん父親に似てきたように思える。それで、彦造にも確かめてもらった。彦造もすっかり面変《おもが》わりをしているが、六太郎だと言い切った」

清左衛門は身を乗り出して、

「青柳どの。平太がほんとうに六太郎かどうか。そして、六太郎なら、なぜ、『広田屋』の下男などになっていたのか、それを調べていただけまいか。『宝屋』という口入屋の世話を受けたという。これは、あくまでも私事の願いであるが」

「わかりました。調べてみましょう」

剣一郎は請け合ってから、

「で、平太は誰を殺したのですか」

と、きいた。

「佐野から江戸見物にやって来た吉五郎という四十三歳の男だ。たまたま、酒に酔った平太がよろけてすれ違いざまに吉五郎にぶつかってしまった。そのことがきっかけで、かっとなった平太が持っていた匕首で刺してしまったという」

「下男の平太が匕首を持っていたのですか」

「本人はそう言っている。以前にごろつきに絡まれたので、外出するときには護身のために匕首を忍ばせていたということだ」

「そうですか」

剣一郎は首を傾げたが、

「さっそく、調べてみます」

と、立ち上がった。

三

その日も清左衛門は忙しい一日を過ごした。

昼過ぎに下城したお奉行に会い、同心の配置換えについて伺《うかが》いを立てた。ご老中の屋敷の門前を見廻る門前廻り同心の某《なにがし》が体調を崩し、内勤を希望したので、代わりに充《あ》てる人材を選んだことの承認を得るのである。

その後、不正を働いた呉服問屋が闕所《けっしょ》となり、没収した財産の目録を確かめ、さらに、奉行所への付け届けの金銭の管理と、先日起きた芝《しば》のほうの大火によって焼け出された人々の対策を考えたりと、いつもは夕七つ（午後四時）には奉行所をあとにするのだが、きょうは半刻《はんとき》（一時間）以上も遅くなった。

清左衛門が屋敷に帰ると、暮六つ（午後六時）の鐘が鳴りはじめていた。迎えに出た妻女の伊代が、『広田屋』の文治郎が客間で待っていると告げた。

着替えを済ませて、清左衛門が部屋に入ると、

「勝手にお待ちして申し訳ございません」

と、広田屋が頭を下げた。

「いや。だいぶ待たせたようだ。何かあったのか」

清左衛門は帰りを待ってまで話そうとしたことの内容が気になった。

「はい。じつは、この前の詮議で、平太は以前にごろつきに絡まれたことがあったので、外出の際には匕首を懐に忍ばせていたと言ってました。そのことが気になって、あのあと、店に帰って、平太の荷物を調べたのです。そしたら、柳行李《やなぎごうり》の底にも匕首が隠してありました」

「なに、匕首があった？」

「はい。変ではありませんか。もし、平太が匕首を持って出かけたなら、平太は二本持っていたことになります。そんなことがありましょうか」

広田屋は疑問を口にした。

「柳行李の底に匕首があったことは間違いないのか」

「ありません」

「平太と仲のいい誰かが、平太を助けるためにそのような細工をしたとは考えられぬか」

「そんなこと、ありえません。いくら、平太を助けるためとはいえ、匕首を古道具屋から買い求めてまで細工するような者はいないはずです」

「そうだな。奉行所の者は平太の持ち物まで調べなかったのだな」

「はい。調べてはいません」

平太の言い分を無条件に信じてしまったので、持ち物の調べまで気がまわらなかったのだろう。

「しかし、なぜ、平太は匕首を隠していたのだ？」

清左衛門は疑問を口にした。

「わかりません」

「平太は、『広田屋』に来る前はどこで何をしていたのだ？」

「本郷《ほんごう》の商家で働いていたと本人は話していました。どこの商家かはきいていいません」

「平太には親しい奉公人はいたのか」

「はい。おなかという女中と気が合うらしく、顔を合わせたときは話をしたりしたそうです」

「どんな話をしていたか、きいているか」

「立ち話程度の時間しかなかったはずですから、それほど込み入った話は出来なかったと思います」

広田屋は答えてから、ふと思いだしたように、

「そうそう、おなかはこんなことを言ってました。平太が彦造さんを気にしていたと言うのです」

「彦造というのは畳職の彦造か」

「はい。そうです」

「どういうことだ？」

「ひと月ほど前、彦造さんが『広田屋』に訪ねてきたことがございます」

「お菊のことでだな」

「はい、さようで。で、そのとき、平太が彦造さんを見かけたらしく、あとでお

なかに、あの御方は誰かときいたそうです。彦造というひとだと言うと、どうしてここにやって来たのかときくので、彦造の娘と若旦那とのことだと話したそうです」

「彦造を気にしたのだな」

「はい」

「そうか。彦造を……」

彦造を気にしたのは、六太郎だからだ。ますます、平太が六太郎であると思えてきた。

「何か」

広田屋は不審そうな顔をした。

「いや、なんでもない」

「平太が彦造さんを知っているはずはないので、誰かと勘違いしたのではないかと思ったのですが」

広田屋は、彦造の息子が失踪していることを知らないようだ。

「わかった。匕首の件はわしから吟味方与力に話しておこう」

「はい。お願いいたします」

広田屋は引き上げて行った。

夕餉《ゆうげ》のあと、清左衛門は居間で伊代と過ごした。

千草が嫁いでからは、屋敷はずいぶん静かだった。無口な清左衛門に何を言っても張り合いがないのであろう。伊代もしいて話しかけることもなかった。いつも、静かな時間が過ぎて行くだけだった。

だが、今夜は清左衛門から口を開いた。

「広田屋が言っていた。平太は彦造を気にしていたそうだ」

その経緯を語って聞かせた。

「では、平太は六太郎ですか」

「間違いない」

「どうして、こんなことに」

伊代が声を詰まらせ、

「おこんさんはどうしたのでしょうか。まさか、もう……」

「うむ」

亡くなったのだろうと、清左衛門は思った。

彦造の家を飛び出し、実の母親と暮らしたことは六太郎にとってよかったのか。ふたりがどんな暮らしをしていたのか。

確か、六兵衛とおこんは上州《じょうしゅう》のほうの出身だった。母子は江戸を離れ、おこんの故郷に向かったのかもしれない。

上州での暮らしがどんなものか想像はつかない。ただ、それほど豊かな暮らしではなかっただろう。十五になっていた六太郎が働いて母親を養ったのではないか。それでも実の母親との暮らしは楽しかったのだろう。

おこんが亡くなって、ひとりぼっちになった六太郎は江戸に出てきた。そのとき、なぜ、彦造のところに戻ろうと思わなかったのか。

いや、そのつもりで、江戸に戻って来たのかもしれない。六太郎も彦造を気にしていたのではないか。

だったら、どうして彦造を訪ねなかったのか。訪ねる勇気がなかったとも考えられる。

「六太郎はずっとひとりぼっちで生きてきたんでしょうね」

伊代の声に、清左衛門は我に返った。

「ほんとうは、六太郎は彦造のもとに帰りたかったのではないか」

清左衛門は痛ましげに言う。

そう思ったとき、清左衛門はあることに気づいて、あっと声を上げた。

平太が六太郎だったとしても、ひとを殺した六太郎が罪人の姿で彦造夫婦に会いたがるとは思えない。いや、自分が六太郎であることを隠したいはずだ。

平太が六太郎だと明らかにすることは、六太郎を苦しめることになるのではないか。

「どうか、なさいましたか」

伊代が不審そうに見つめた。

「うむ。じつは、青柳どのに平太のことを調べてもらうように頼んだ。しかし、もう、そこまでしないほうがいいのではないかと思ったのだ」

清左衛門はやりきれないように、

「罪人の姿で、彦造夫婦と再会することは望むまい」

「そうでしょうか」

伊代は異を唱《とな》えた。

「うむ？」

「六太郎は彦造さんたちにほんとうは会いたがっていたんだとしたら、こんなときこそ会わせてあげるべきじゃないですか」

「いや。六太郎は違うと言い張るはずだ。自分は六太郎ではないと」

「はい。確かに、そうかもしれません。でも、本心は会いたいのではないでしょうか。もしかしたら、十年前のことを詫《わ》びたいのかもしれません」

「…………」

清左衛門は腕組みをした。

確かに、伊代の言うことにも一理ある。ひとを殺した六太郎には死罪を言い渡される恐れが十分にある。六太郎が十年前のことを詫びる機会は今しかないのだ。

「そなたの言うとおりかもしれぬな」

清左衛門は素直に応えた。

ただ、気になることがあった。匕首の件だ。平太の荷の中に匕首が隠してあったという。

だとしたら、身を守るために持って行ったとする言い分は偽《いつわ》りということになる。あの凶器の匕首は誰が持っていたのか。

それより、平太はふだんから匕首を持つような暮らしをしていたということになる。急に、平太を翳《かげ》が覆《おお》いはじめていた。


翌朝、出仕した清左衛門は吟味方与力の橋尾左門を呼んだ。

「『広田屋』の下男平太の件だ。もちろん、詮議に口出しをするつもりはない」

清左衛門はまず断りを言った。

「わかっております。宇野さまはそのようなことをするお方ではありません」

左門は即座に応じる。

「じつは、ゆうべ屋敷に広田屋が訪れた。平太の荷物を調べたら、柳行李の底に匕首が隠されていたそうだ」

「匕首ですと」

左門の太い眉がぴくりと動いた。

「平太は身を守るために懐に忍ばせていたと言っているようだが、実際は匕首は持っていなかったのだ」

「………」

「では、凶器の匕首は誰のものか」

清左衛門は疑問を投げ掛け、

「平太が誰かをかばっているということはないのだな」

と、確かめた。

「ありません。平太が吉五郎を刺した瞬間を見ていた者がおります。辺《あた》りには誰もおらずふたりきりだったそうです」

「ならば、匕首は……」

「吉五郎が抜いたということになりますね」

左門は驚きを隠さずに言う。

「そうだ。なのに、なぜ、平太はそのことを隠すのか」

「ひょっとして、吉五郎と平太は顔見知りだったのかもしれませぬ」

「うむ。捕まえた同心や岡っ引きも、当人の自供を素直にそのまま信じてしまったようだ。まあ、それも無理からぬことがある」

「詮議において、真相をあぶり出してごらんにいれます」

左門は力強く言って、

「宇野さま」

と、心持ち顔を突き出してきいた。

「なぜ、宇野さまはそれほど平太に関心を持たれるのでありましょうや」

「それは……」

清左衛門は言いよどんだ。

「そなたによけいな思い込みを与えてはいけないので、あえて言わないでおいた。事件に直接関わるとは思えぬでな」

「わかりました。では、私も聞かないでおりましょう」

「うむ」

「では」

一礼して、左門は立ち上がった。が、すぐ再び腰を下ろし、

「この件、場合によってはもう一度、調べ直したほうがよいかもしれませぬ」

と言い、改めて立ち上がって去って行った。

四

ふつか後、昼まで降っていたこぬか雨はどうやら上がった。そろそろ桜も開花する頃だが、きょうは肌寒い。

清左衛門は奉行所を出て、茅場町の薬師堂近くにある畳職人の彦造の家に向か

った。

薬師堂に差しかかると、境内《けいだい》から男女のふたり連れが出てきた。女は彦造の娘のお菊、男は『広田屋』の息子の孝助だ。

「宇野さま」

お菊が涙に濡《ぬ》れたような目を向けた。

「どうした、何かあったのか」

清左衛門は驚いてきく。

「はい」

孝助が強張《こわば》った表情で、

「じつは、お父っつあんがどうしても得意先の娘との縁談をまとめようとしています。だから、私は家を出ようかと思いました。でも、お菊さんが……」

と、あとの声を呑んだ。

「私のために、そんなことをさせられません。私といっしょになったって、苦労するだけです」

「私はお菊さんといっしょならどんな苦労をも厭《いと》いません」

「いけません。孝助さんは『広田屋』の暖簾《のれん》を守っていかなければならないのです。どうか、得意先の娘さんといっしょになって……」

お菊はそう言ったきり、あとは嗚咽《おえつ》を漏《も》らして言葉にならず、いきなり駆けだした。

「お菊さん」

孝助は叫び、

「失礼します」

と清左衛門に挨拶《あいさつ》をして、お菊のあとを追った。

清左衛門は彦造の家に行った。お菊はまだ帰っていなかった。孝助はお菊とまたどこかで話し合っているのかもしれない。

仕事場で彦造は畳針を使っていたが、清左衛門の顔を見ると、すぐ手を休めた。

「すまぬな、仕事の手を休めさせて」

清左衛門は詫びる。

「いえ。ちょうど切り上げようとしていたところです」

畳針を片付け、彦造は清左衛門を座敷に案内した。

手を洗ってから、彦造がやって来て、

「宇野さま。何かわかったんでしょうか」

「そなたが『広田屋』を訪れたあと、平太は女中に、そなたのことをきいていたそうだ。なぜ、ここにやって来たのかと」

「じゃあ、あっしのことに気づいていたんですかえ」

「そうだ」

「そう言えば、あっしが引き上げるとき、誰かに見つめられているような気がしていました。やっぱり、六太郎だったんですね」

「ほぼ、間違いないだろう」

「そうですか。六太郎でしたか」

彦造は六太郎にあとを継がせるつもりでいたのだ。それが、突然の失踪で、夢が断たれた。だが、この十年、六太郎のことを忘れたことはなかった。

妻女は毎日陰膳《かげぜん》を供えて、六太郎の無事を祈ってきたという。

「宇野さま。六太郎に会うことは叶《かな》いませぬか」

「じつは迷っていた。当然、別人だと否定するだろうと思っていた。だが、家内に言われて気づいたのだが、六太郎はほんとうはそなたたちに会いたいんじゃなかったのかと思うようになった。ただ、今の六太郎は裁きを受ける身だ。そのような身を恥じているとしたら、会うのは辛《つら》かろうと思う」

「へえ」

「こんなことを言うのは気が引けるが、六太郎はよくて遠島だ。会えたとしても、また離ればなれになる運命だ。なまじ会わぬほうがいいか、それとも会ったほうがいいのか」

清左衛門は胸が痛かった。

「宇野さまが会ってくださいませんか」

彦造が言う。

「わしが？」

「はい。あっしが会いたがっていると伝えてくださいませんか。それでも、嫌がるなら、あっしは諦めます。どうか、お願い出来ませんか」

彦造は頭を下げた。

「そうだの。ただ、六太郎、いや平太は事件について正直に語っていないところがある。そんなときに、わしがしゃしゃり出て余計なことを言い、詮議の邪魔になってはならない。詮議が終わり次第、会ってみよう」

「へい。お願いいたします」

「それから、来るとき、お菊と『広田屋』の孝助と会った」

「そうですかえ。お菊は孝助さんとのことを諦めようとしています」

「孝助は家を出ると言っている」

「お菊は自分がいたんじゃ孝助さんをだめにしてしまうと思っています。あっしも、そう思います。こういっちゃ何だが、孝助さんは『広田屋』を出たら、やっていけません。大店に育った者は、それなりの生き方があるものです」

彦造はつらそうに顔を歪《ゆが》め、

「お菊にも、そのことがわかっているんです。お菊は何も大店の内儀になりたいとは露《つゆ》ほども思っちゃいません。ですから、孝助さんとの貧しい長屋暮らしでも仕合わせでしょう。でも、孝助さんのためを思って身を引くことにしたのです」

「だが、孝助は納得しまい」

「へえ。そこまで思っていただいてありがたく思っていますが、孝助さんのためです」

「では、いずれ、お菊に婿をとり、跡を継がせるか」

「いいえ」

彦造は言下に言う。

「あっしら夫婦は宇野さまのお話をお聞きし、心打たれた人間です」

「わしの話？」

「はい。お亡くなりになったご子息に家督を譲《ゆず》られるという話です。養子をもらうことはご子息を忘れるということだと、宇野さまは仰《おつしや》ってました。あっしらも、六太郎を跡取りと決めてました。失踪してしまったあとでも、いつか帰ってくる。そう信じていました。ですから、婿はとりません。お菊には好きなところに嫁に行ってもらいます」

「そこまで六太郎のことを？」

「へえ。血のつながりはなくとも、夫婦で一所懸命育て、可愛がってきた子です。お菊が生まれると、よく面倒を見てくれました」

「そうか」

六太郎に今の話を聞かせてやりたいと思った。

清左衛門が屋敷に帰り、夕餉をとり終えたあと、女中がやって来て、剣一郎の訪問を告げた。

すぐに客間に行くと、剣一郎は端然《たんぜん》として待っていた。

「夜分、恐れ入ります。明日でもよかったのですが、奉行所ではないほうがよいと思いまして」

剣一郎が頭を下げて言う。

「何かわかったのか」

思わず、清左衛門は身を乗り出した。

「はい。倅剣之助から平太の事件の詮議の模様を聞き、幾つか疑問を持ちました。そのひとつに、平太が土下座をして謝っているのに、殺された吉五郎が許そうとしなかった。そのことがまずひっかかりました」

剣一郎は静かに語り出した。

「それより、解《げ》せないのは平太が土下座をして謝っていたことです。たかが酔っぱらってよろけてぶつかったぐらいで、なぜ、土下座までしたのか」

「うむ。確かに、わしもひっかかっていた」

「そこで、吉五郎のことを調べました。泊まっていた旅籠《はたご》でも、佐野から江戸見物に来た豪農の主人というように話していたようです。供《とも》の者がふたり泊まっていて、そのふたりが吉五郎を荼毘《だび》に付し、佐野に引き上げました」

「うむ。そうであった」

清左衛門は応じる。

「そのふたりから話を聞きたいと思ったのですが、とうにふたりは旅籠を発《た》っていましたので会うことは叶《かな》いませんでした。ところが、宿の亭主がその供の者をふたり小伝馬町の牢屋敷の近くで最近、見かけたというのです」

「人違いではないのか」

「亭主が言うには、ひとりを見かけただけなら似た人間を見間違えたかもしれないが、ふたりとも顔に覚えがあったと言うのです」

「では、供の者に間違いないのか」

「はい」

「佐野に帰っていないというのか」

「佐野を往復したとは思えません。佐野に帰っていないというのがほんとうでしょう」

「どういうことだ?」

「吉五郎は佐野の人間ではないのかもしれません」

「身元は嘘《うそ》だと言うのか」

「はい」

「じつは、先だって『広田屋』がやって来て、平太の持ち物を調べたら匕首が隠してあったと言った」

「匕首を持って出かけたと、平太は述べていたはずですね」

「そうだ。匕首を二本持っていたとは考えられない。だとしたら、匕首は吉五郎が持っていたものではないか」

「なるほど」

何かを悟《さと》ったように、剣一郎は表情を厳しくした。

「青柳どの。何か」

「平太を『広田屋』に世話をした口入屋の『宝屋』を調べました。平太の請人が怪しい人物なのです。どうやら、金をもらって平太の請人になっていたようです」

「………」

「吉五郎と平太は顔見知りかもしれません。いや、仲間と言ったほうがいいでしょう。供の者が小伝馬町の牢屋敷の近くにいたことが気になります」

「と言うと？」

「ふたりは平太に仕返しをしようとしているのかもしれません。取調べで、牢屋敷から奉行所まで行く間に襲うことが十分に考えられます。警護の者を増やしたほうがいいでしょう」

「なんと」

清左衛門は啞然《あぜん》とした。

五

さらにふつか後の朝、平太が詮議のために奉行所にやってくることになっていた。

剣一郎に言われて、警護の者を増やした。厳重な警戒のもとに小伝馬町の牢屋敷から南町奉行所までやってくることになった。

警護を手薄にして、わざと襲わせて賊を捕まえることも考えたが、失敗を恐れた。平太の身の安全を第一に考えた。

無事に牢屋敷からの一行が到着したという知らせがきて、清左衛門はほっとした。だが、怪しい男がずっとついて来たという。隙あらば、襲ってきたかもしれない。

平太の詮議がはじまり、清左衛門は詮議所の後ろの襖にくっつくように座り、聞き耳を立てた。

「平太。じつは、そなたの持ち物から匕首が見つかった。妙ではないか。そなたは匕首を持って外出したと申したはずだが？」

吟味方与力の左門がきく。

「匕首は二本持っておりました」

「なぜ、二本も持っているのだ？」

「一度、失《な》くしてしまったと思って、また買ったのです。そしたら、出てきて……」

「そなたは匕首を使ったことはあるのか」

「いえ、ありません。ただ、持っていれば安心だと思ったのです」

平太はよどみなく答えるが、今までと答え方が同じだ。

「ところで、そなたはたかが酔っぱらってぶつかっただけなのに、なぜ、土下座までして詫びたのか。そこまでする必要はなかったと思うが？」

「相手がものすごい剣幕でしたので、謝ったほうがいいと思ったのです」

「ものすごい剣幕で、相手が持っていた匕首を抜いたのではないのか」

「いえ、違います。私がかっとなって持っていた匕首を抜いたのです」

平太は頑《かたく》なだった。

「相手の吉五郎は供の者の話では佐野の豪農の主人だということだが、そんな人間が凄《すさ》まじい剣幕で怒るからには、よほどのことがあったと思われる。そなたはぶつかった以外に何か相手の気に障《さわ》るようなことを言ったのではないか」

何拍かの間を置いて、

「何か言ったような気がしますが、何を言ったのかまったく覚えていません」

それまで即答に近かったが、この問いかけに、平太はしばしの間があった。土下座して謝っても許されなかった不自然さに気づき、吟味方与力に迎合したかのように曖昧《あいまい》ながら認めたのか、それとも実際に何か相手の気に障るようなことを言ったのか。

「そなたは、吉五郎を知っていたのではないのか」

左門はさらに続けた。

「いえ、知りません」

「平太」

左門が厳しい声で呼びかける。

「次回、口書《くちがき》に爪印《つめいん》を押してもらう。そなたの自供に基づき、裁きは行なわれる。よく考えるように」

左門が温情を示し、あと一回の猶予《ゆうよ》を与えた。

清左衛門はその場を離れ、母家《おもや》を出て仮牢に赴いた。

すでに牢屋同心には話をつけてあるので、白洲から帰って来た平太は牢屋同心詰所の隅に連れ込まれていた。

土間に腰を下ろし、平太は怯《おび》えたようにきょろきょろ辺りを見回した。詰所には牢屋敷から囚人を引き連れてきた牢屋同心がくつろいでいる。

清左衛門は平太の前に行き、座敷の上《あが》り框《かまち》に腰を下ろした。平太は不安そうな表情で、清左衛門を見た。

「平太。与力の宇野清左衛門だ」

「はい」

平太は畏まった。

「そなたに聞いてもらいたいことがあるので、許されぬことだが、あえてここに来てもらった」

「…………」

「わしは若い頃、吟味方与力をしていた。今から二十六年前、わしは美人局をしていたあげく、岡っ引きを殺した罪でとらわれた六兵衛なる男の詮議を行なった」

六兵衛の名を出した瞬間、平太の体がぴくりとし、それから恐ろしい顔で何か言いかけた。だが、すぐ口はとざされた。

「六兵衛に死罪を宣告したのは、このわしだ」

微《かす》かにうっというううめき声を聞いた。

「死を受け入れた六兵衛がわしに頼んだことがある。情婦のおこんは身籠もっている。どうか、生まれてくる子が身を立てられるようにして欲しいと訴えた」

「どうして、そんな話をするんですか」

平太は反発した。

「黙って聞け」

清左衛門は強い口調で退《しりぞ》ける。

「おこんは半年後、牢屋敷内で男の子を産んだ。おこんは六太郎と名づけた。生まれて半年後、一切の事情を承知の上で畳職人の彦造夫婦が六太郎を引き取り、我が子として育てた」

「おやめください。そんな赤の他人の話など聞きたくありません」

「そなたは聞かねばならぬ」

清左衛門はぴしゃりと言う。

「子どもがいなかった彦造は六太郎を迎え、跡取りが出来たと大喜びだった。そのことを聞いたおこんも安心して遠島になった。彦造夫婦は血のつながりのない六太郎を慈しみ、可愛がった。その後に妹のお菊が生まれても、六太郎に向ける情愛に変わることはなかった。だが、六太郎は十年前、十五の春に突然家出をした」

「………」

「その前年にじつの母親であるおこんが恩赦により、島を出て江戸に戻っていた。おそらく、おこんが六太郎の前に現われたのであろう。それで、おこんのもとに走ったのだと思われた」

清左衛門は俯《うつむ》いている平太を見つめながら、

「それから十年経った今でも、彦造夫婦は六太郎の帰りを待っている。毎日、欠かさずに陰膳を供えているのだ」

平太が跳《は》ね上がるように顔を上げた。だが、開きかけた口から声は出ない。

「彦造にはお菊に婿をとって家業を継がせるという考えはない。跡取りは六太郎だからだ。六太郎以外に何人《なんぴと》たりとも跡を継がせる気はないのだ」

うっと嗚咽をこらえる声が漏れた。

「平太。そなたは六太郎だな」

「違います。こんな男が六太郎であるはずがありません。確かに、あっしは六太郎という男と知り合いになり、いろいろ話を聞いたことがあります。ですが、あっしは六太郎さんではありません」

平太は否定した。

「なぜ、素直になれぬ」

「六太郎さんはとうの昔に死んでいます。あっしは六太郎じゃありません。自分の荷物の中に匕首を忍ばせているような男が六太郎であるはずはありません」

「そなたは、『広田屋』を訪れた彦造を見ていたようだな。女中に、彦造のことをいろいろきいていたな。なぜだ?」

「六太郎さんからきいたひとではないかと思って」

「なぜ、六太郎のことをそこまで気にする?」

「一時は仲がよかったので……」

声が弱々しい。

「彦造はそなたを見ている」

「えっ」

平太は顔色を変えた。

「痩せて容貌もだいぶ変わった。だが、彦造は一目見て、六太郎だとわかったそうだ」

「………」

「六太郎」

清左衛門は六太郎だと決めつけた。

「今のそなたは、実の父親の六兵衛にそっくりだ。六兵衛は死罪になったが、そなたの行く末《すえ》をわしに託したのだ。六兵衛もまた、まだ見ぬ子どものことを心配して死んでいった……」

平太は嗚咽を漏らした。

「吉五郎とはどういう関係なのだ？　ほんとうは吉五郎がそなたを殺そうとしたのではないのか。なぜ、正直に言わぬ」

「………」

俯いている平太の肩が微かに震えている。

「吉五郎の仲間が、そなたを襲おうとしている。今朝、牢屋敷から奉行所に来る間も怪しい男が付け狙《ねら》っていたという」

「えっ？」

驚いたように顔を上げた。

「吉五郎は佐野の豪農の主人なんかではない。何者なのだ？」

「知りません」

間を置いて、平太は答える。

「この期《ご》に及《およ》んでもなお」

清左衛門は嘆息《たんそく》した。

そこに、戸が開いて、

「宇野さまはいらっしゃっていますか」

と、声がした。

定町廻《じょうまちまわ》り同心の植村京之進《うえむらきょうのしん》だ。

「ここにおる」

清左衛門は立ち上がっていう。

「宇野さま」

京之進が近づいてきて、ちらりと平太に目を向けてから、

「吉五郎の供のふたりを捕まえました。平太を狙っていたふたりです。今、大番屋で青柳さまが取り調べております」

「そうか。よく、やった」

清左衛門は平太の前に戻り、

「今、聞いた通りだ。いずれ、吉五郎の正体が明らかになろう。さすれば、吉五郎との間で何があったのか、はっきりする」

と告げるや、平太はがくっと首を垂れた。

六

数日後、平太こと六太郎に遠島の刑が言い渡された。

その夜、清左衛門は『広田屋』を訪れた。

客間で差し向かいになり、実は平太は六太郎という名であり、わけあって彦造の子になって、十五の春に出奔《しゅっぽん》するまでの経緯を語った。

広田屋は目を見張りながら聞いていたが、平太という名で『広田屋』の下男になった理由を話すと、さらに驚愕《きようがく》の表情になった。

「そんな……」

広田屋は絶句した。

「そうだ。『広田屋』は盗賊の吉五郎一味に狙われていたのだ。吉五郎一味はひと殺しも辞さない極悪非道の盗賊だ。上州などで押込みを繰り返していて、いよいよ江戸にも勢力を伸ばそうとし、その第一歩に選んだのが『広田屋』というわけだ。なにしろ『広田屋』は商売繁盛で、蔵には千両箱が唸《うな》っていると噂《うわさ》されているのだからな。そこで、手下を『広田屋』に送りこむためにいままでいた下男を事故に見せかけて殺した」

広田屋は身震いをした。

「六太郎は『広田屋』の奉公人の数や屋敷内の様子などを調べ、逐次《ちくじ》仲間に知らせ、押込み当日には裏口を開けて仲間を引き入れる役を負っていたということだ」

剣一郎が取調べで捕まえた男からきき出したのである。その話を平太こと六太郎に突き付け、ついに真相を語らせたのだ。

「事件の夜、六太郎が外出したのは翌日の決行を前に、頭《かしら》の吉五郎と最後の打ち合わせをするためだ。だが、六太郎は吉五郎に会って、押込みを中止するように求めたのだ」

「…………」

「六太郎は以前に、『広田屋』にやって来た彦造を見かけた。女中に聞いて、彦造の娘のお菊と孝助が好き合っていることを知り、押込みをやめさせなければならないと思ったという。お菊の嫁ぎ先になるかもしれないからだ」

「…………」

「六太郎が土下座をしていたのは中止を求めていたのだ。当然、吉五郎は怒り狂《くる》い、かくなる上はと、六太郎を殺そうとして匕首を抜いた。争ううちに弾《はず》みで吉五郎を刺してしまったというわけだ」

「そういうわけでございましたか。平太、いえ六太郎さんが盗賊から『広田屋』を守ってくだすったのですね」

「そうだ。自分の妹の嫁ぎ先になると思ったからだ。もし、六太郎が彦造を見かけてなかったら……」

清左衛門はあとの言葉を呑んだ。悲惨なことになっていたと口にすることが憚《はばか》られた。だが、この際だから言っておこうと思った。

「お菊と孝助の結びつきがあったからこそ、『広田屋』は安泰だったとも言える。そのことを十分に考えてみてもよかろう」

「はい」

広田屋は思いつめたように頷いた。


それから、清左衛門は彦造の家に行き、事件のあらましを語ってから、

「十五の春に、六太郎の前におこんが現われ、母だと名乗ったそうだ。おこんは、六太郎にこう言ったそうだ。六兵衛とその情婦の間に出来たおまえは、牢屋敷内で生まれた。おまえには極悪人の血が流れている。いずれ、おまえに天性の悪が現われ、彦造一家を不幸に陥《おとしい》れると。六太郎はそのことを真剣に恐れたそうだ」

「ばかな。そんなことあろうはずがない」

彦造は吐き捨てた。

「大事な家族に災いを招く自分を消そうとして、六太郎は家を出たそうだ」

「ひと言、相談してくれたら」

彦造は悔しそうに言う。

「江戸を離れ、六太郎はおこんといっしょに高崎《たかさき》に行った。そこで、おこんはいかがわしい料理屋で働きだした。三十を過ぎたおこんのような女にはそういうところしか働く場所はなかったのだろう。やがて、おこんはその店で吉五郎と知り合い、いつしか情婦のようになった。そのことに反発を覚え、六太郎はひとりで暮らし始めたそうだ」

「なら、六太郎を連れ出さなくてもよかったんだ」

彦造が腹立たしげに言う。

「三年目に、おこんが病に罹《かか》り、見舞いに行くうちに吉五郎と親しくなり、おこんが死んだあと、吉五郎の手伝いをするようになったそうだ」

「盗賊の一味ではなかったんですね」

「押込みの仲間には加わったとはいえ、見張りとか、下見とかをさせられていたようだ。今回の吉五郎殺しにしても身を守るために相手を誤って刺してしまったのだ。決して、ひと殺しをするような男ではない」

「それを伺って安心しました。どんなお裁きに？」

「殺しの件では罪はないが、一味の手伝いをしていたことは事実であり、遠島ということになった。ただ、何年かすれば戻ってこられるだろう」

扉の向こうで物音がした。

「誰だ？」

彦造が声をかける。

「お菊か」

お菊が部屋に入ってきて、

「兄さん、戻ってこられるのですね」

と、目に涙をためて確かめる。

「うむ。帰ってくる」

清左衛門は請け合った。

「お父っつあん、この家に迎え入れてくれるんでしょう」

「もちろんだ。この家はあいつのものだ」

「うれしい」

お菊は泣き笑いの顔で、

「孝助さんとのことはだめになったけど、その代わりに兄さんを返してくれた。一時は神様を恨んだけど、これで許してあげます」

「お菊。孝助さんのことはほんとうにいいんだな」

「はい。兄さんが帰ってくるほうがほんとうにうれしいんです。だって、子どものころ、いつも兄さんは私を守ってくれて……」

お菊はほんとうに喜んでいるようだった。だが、六太郎は、お菊が孝助の嫁になって仕合わせになることを望んでいるはずだ。

「おまえさん」

彦造のかみさんが顔を出した。

「なんでえ」

「広田屋さんと孝助さんがいらっしゃいました」

「なに、広田屋さんと孝助さんが？」

彦造は困惑した顔をした。

「やっと来たか。わしに構わず、ここに通してやってもらいたい」

清左衛門が答える。

「よろしいんで。じゃあ、ここに」

彦造はかみさんに言う。

「なにかしら」

お菊が不審な顔をした。

「なあに、詫びに来たのだろう。まあ、けじめだ。挨拶を受けよう」

彦造はすっかり悪いほうに考えている。

広田屋と孝助が部屋に入って来た。

「お邪魔します。あっ、宇野さま」

広田屋が会釈《えしやく》をした。

「邪魔なら、わしは引き上げるが」

「いえ、ぜひ、お立ち会いを」

「うむ。そうさせてもらおう」

清左衛門は広田屋の様子からすべてを察していた。

広田屋は彦造に向かって畏まった。横に孝助が座る。彦造の横にかみさんが座り、少し離れてお菊がうなだれていた。

「彦造さん、おかみさん、このとおりです」

広田屋はいきなり手を突いて頭を下げた。

「広田屋さん。よしましょう。何も誰が悪いってわけじゃないんです。そこまですることはありません。どうぞ、お顔をお上げください」

彦造は厳しい表情で言う。

「そうではないのです。ぜひ、お菊さんを倅の嫁にいただきたくてお願いにあがりました。どうか、このとおり」

広田屋は再び頭を下げた。

「………」

彦造は口を半開きにして唖然としている。

「彦造、どうした、返事をせぬか」

清左衛門は苦笑しながら言う。

「驚きのこととは思いますが、ぜひ、お菊さんを孝助の嫁に」

彦造はあわてて居住まいをただし、

「今、なんと?」

「お菊を嫁にですって」

と、確かめる。

「はい」

「しかし、釣り合わぬは不縁のもとと……」

「お恥ずかしい限りでございます。どうか、そのことはお忘れになってください」

「お菊、おめえの気持ちはどうなんだ？」

彦造はお菊にきく。

「お父っつあん。私は……」

お菊が恥じらった。

「ああ、そうだったな。きくまでもないか」

彦造は独《ひと》りごちた。

「彦造。どうしたんだ。煮え切らぬではないか」

清左衛門が声をかける。

「へえ、なんか狐《きつね》につままれたみたいで」

「彦造さん。『広田屋』は六太郎さんのおかげで救われました。六太郎さんは『広田屋』の恩人です」

広田屋の言葉を引き取り、清左衛門は口を開いた。

「恩人の六太郎の妹との縁結びは十分に釣り合いはとれているということだ」

「六太郎のことをそこまで思ってくだすったんですか。ありがてえ。広田屋さん。いやもなにもねえ。どうぞ、お菊をもらってやってください」

彦造は頭を下げた。

「よかった。よし、わしは退散するとしよう」

清左衛門は立ち上がった。

「宇野さま。ありがとうございました」

広田屋が声をかける。

「喜びがいっぺんにふたつも舞い込むなんてことがあるんですねえ」

彦造がしみじみ言う。

「ずっと陰膳を供えて六太郎の無事を祈ってきた思いが天に通じたのだ。お菊。六太郎が結びつけてくれた縁だ。大切にな」

「はい。兄さんの思いを大切にして孝助さんに嫁いでいきます」

お菊は涙ながらに口にした。


翌日、清左衛門は小伝馬町の牢屋敷を訪れ、遠島部屋にいる六太郎と会った。流人船《るにんぶね》が来るまで待機しているのだ。

今回は格子をはさんで向かい合った。

「そなたのおかげで、広田屋はお菊と孝助の縁組を許した。お菊が喜んでいた」

「そうですか。よかった。あっしもうれしい」

六太郎は微笑《ほほえ》んだ。

顔つきから険が消え、目付きも穏やかになった。

「彦造夫婦からの言《こと》づけだ。帰るのを待っているとのことだ。そなたは彦造夫婦の子どもであり、お菊の兄だ。そのことを忘れるな」

「ありがてえ。こんな俺のために」

「おまえのためではない。彦造たちのためだ。皆はそなたといっしょに暮らすことを待ち望んでいるのだ。そなたが帰るまで、陰膳は続くだろう」

「こんなうれしいことがあっしの身に訪れるなんて、夢みてえだ」

「島に渡るまで、まだ間がある。彦造たちに会えるように取り計らおう」

そう言い、清左衛門は遠島部屋から離れた。


その夜、清左衛門は屋敷で伊代と静かなときを過ごしていた。

「ほんとうに六太郎さんもお菊さんもよございました。彦造さんもさぞかしお喜びだったでしょうね」

「うむ。喜びが重なることがあるのだと、驚いていた。ともかく、わしも安堵《あんど》した。他人のことながら、わしもうれしい」

　清左衛門はしみじみ言う。

「いえ、喜びは決して他人だけのものではありませんよ」

　伊代が微笑んだ。

「この歳《とし》になって、何をいまさら喜びがあろうか。老夫婦には、日々の平穏さえあればいい」

　清左衛門は悟ったような思いで言う。

「昼間、千草が参りました」

「千草が？　婚家で何かあったのか」

「いえ、そうではありません」

　ふっと伊代は笑い、

「出来たそうですよ」

と、意味ありげに言う。

「出来た？　何が出来……。なに、まさか、身籠もったのか？」

「はい。そうですよ」

「そうか。それはめでたい」

「で、あちらさまも、もし男の子なら、宇野家に養子に出しても構わないと仰ってくださったそうです」

「なに、養子に？　ほんとうか」

そうきいたあとで、清左衛門は首を横に振った。

「しかし、この家は誠太郎に譲ったもの。わしらの代で区切りをつけるのではなかったのか」

「はい。でも、千草の子が跡を継ぐなら……」

「いや、そうであっても、やはり誠太郎亡き今、この家は……」

「でも、部屋住みで苦労するくらいなら、この家があれば心強いではありませぬか」

「しかし、誠太郎がなんと言うか」

「誠太郎は、そうしろと言いますよ」

「そうかな」

「いやですわ」

伊代がいきなり笑い出した。

「まだ、男の子が生まれるとは限っていないのに」

「そうだな。少し先走ったか」

しかし、男の子であって欲しいという期待を持ち、心が浮き立ってきた。生まれてくる孫、いや宇野家を継いでくれるかもしれぬ子どものためにも長生きせねばならないと、清左衛門は自分を奮《ふる》い立たせ、やがて、じわじわと喜びがわき上がってきた。

「酒の支度《したく》をしてくれぬか」

清左衛門は大きな声で言った。

「今からですか」

「そうだ」

酒を呑みながら、しみじみこの喜びに浸《ひた》りたい気持ちになっていた。

佐々木裕一

鬼《おに》の目《め》にも泪《なみだ》

名奉行金太郎捕物帳

著者・佐々木《ささき》裕一《ゆういち》

一九六七年、広島県生まれ。二〇〇三年に架空戦記でデビュー。二〇一〇年にその活躍の場を時代小説に移し、『公家武者松平信平』『浪人若さま新見左近』が大人気シリーズに。実在の人物を活き活きと描くことに定評がある。他のシリーズに『隠れ御庭番』（祥伝社文庫）など。

一

　この日、池田筑後守長恵《いけだちくごのかみながよし》は、晴れ晴れとした顔で南町《みなみまち》奉行所の門前に立った。三千石の旗本でありながら、供《とも》の者を誰一人と連れていないのは、この男が、堅苦しい行列を嫌うからである。

　紋付袴《はかま》姿で、独《ひと》り気ままに町を歩んできたのであるが、奉行所の門を守る二人の番人は、寄り棒を地に立てて直立不動のまま、いかにも怪しい者を観察する目を向けている。

　番人たちの視線に気づいた池田長恵は、ひとつ咳《せき》をして表情を引き締めた。

「御苦労」

　声をかけると、番人たちは意外そうな顔をしつつも、立派な身形《みなり》をしている長恵を、

「どこぞの、お偉いお侍かもしれぬ」

　まさか、今日から南町奉行所のあるじになる男とは思いもしないらしく、形ばかりに頭を下げた。

四十五歳の池田長恵は年齢より若く見え、身分を隠し、着流し姿で夜の町へ出た時などは、

「金《きん》さま」

と、町の者から気安く声をかけられる。

若い時分には、金太郎《きんたろう》というあだ名の暴れん坊で、

「今思えば、随分《ずいぶん》と悪さをしてきたものよ」

と、古い友を相手に酒が過ぎた時は、昔話に花を咲かせたりもする。

そんな池田長恵が南町奉行を拝命し、今日からは、この南町奉行所が住処《すみか》となる。

役宅に入った長恵は、裃《かみしも》長袴に身形を整え、与力、同心一同が集まる大広間に足を運んだ。

新任の奉行が顔を出すと、

「御奉行の御成《おな》りにござる」

筆頭与力が声をかけた。

私語をしていた一同が静まりかえり、居住まいを正して頭を下げたところで、
長恵は、皆の前に歩み出た。

厳しくもなく、柔らかくもない、ただただ、平然とした顔つきで立っている長恵は、皆に頭を上げさせると、何も言わず、まずは一人ひとりの面構《つらがま》えを見た。

いつまでも黙っている新奉行の様子に、与力と同心たちが困惑しているが、ひそひそと語り合う者は一人もいない。

皆の面構えを見終えた長恵は、

「江戸の民の安寧《あんねい》のため日々励《はげ》むように。各々方《おのおのがた》、頼むぞ」

と、力強い声で述《の》べた。

ひと言だけだが、長恵の強い思いは目に現れている。

先ほど一人ひとりと目を合わせたことで、皆には熱い思いが伝わっていたらしい。

一同は声を揃《そろ》えて、

「はは！」

と返答し、平身低頭した。

長恵は頷《うなず》き、左を向く。間髪《かんはつ》入れずに襖《ふすま》が開けられたので、長恵は長袴を引いて歩み、控《ひか》えの間に入った。

「では、今日も一日頼みますよ」

与力の声かけで一同が立ち上がり、大広間から去っていく。

その音を聞きながら、長恵はそっと廊下に歩み、障子《しょうじ》の陰《かげ》から、一人の同心を目で追った。

歳《とし》は三十前後だろうその同心は、大広間に座っている時から、ひどく暗い顔をしていた。

目を合わせた時、すぐにそらしてしまったことも、長恵は気になっている。

同じ部屋にいた筆頭与力の板倉《いたくら》忠兵衛を呼ぶと、中年の男が歩み寄り、片膝をついた。

「忠兵衛《ちゅうべえ》」

「皆の後《うし》ろを歩んでいるあの者の名は」

五人連れの同心が廊下を歩んでいくのを指差して問うと、目で追った忠兵衛が、

「ああ、あの者ですか」

と、言い、長恵に顔を向けてきた。やはりそうか、という顔つきだ。

「何か、気になられましたか」

「うむ。気になる。あの者は、深い悩み事があるように思える」

「さすがは御奉行。御老中、松平越中守《まつだいらえつちゅうのかみ》様にお目をかけられ、上様直々に、金獅子《きんじし》の宝刀を賜《たま》わるだけのことはございます」

「おい、よさぬか」

長恵は呆《あき》れ顔だ。

忠兵衛は長らく筆頭与力をしているだけに、新奉行に遠慮《えんりょ》がない。

その忠兵衛が申すには、長恵が目を留めた同心の名は成瀬《なるせ》敬一郎《けいいちろう》。歳は三十である。

「あの者は、謹慎が解《と》けたばかりでございます」

「ほう。思い悩んでいるのは、謹慎に関わることか」

「まったくもって、胸が痛む話でございます」

「詳しく教えてくれ」

「はは」

忠兵衛は廊下に顔を出し、誰もいないのを確かめて、語りはじめた。

急ぎ働きの盗賊を捕らえることに躍起《やっき》になっていたという成瀬は、半年ほど前、海苔《のり》問屋の磯屋《いそや》を襲った盗賊一味が旗本の屋敷に逃げ込んだと言い、謹慎させられていた。

その訳《わけ》を長恵が訊くと、

「相手が悪かったのでございますよ」

忠兵衛の話では、盗賊が逃げ込んだと成瀬が言い、しつこく屋敷の周りを見張ったのは、本間直正《ほんまなおまさ》という旗本だった。

本間家は、書院番頭を務《つと》めるほどの名門。

賊が逃げ込んだと言われ、同心と岡っ引きたちに毎晩屋敷の周りを見張られては、体裁《ていさい》が悪い。激怒した当主の直正が、先の南町奉行に強く抗議し、御目付役にも訴《うった》えた。旗本寄りの御目付役が直正の味方をして責めたため、臆《おく》した奉行が、成瀬を賊の探索から外して吟味《ぎんみ》役を命じ、有無を言わさず、奉行所内の役目に押し込めてしまったのだ。

成瀬は従うしかなく、奉行所内で吟味役として働いた。しかし、成瀬は悪を許さぬ熱血の男だった。おとなしくするはずもなく、夜な夜な八丁堀《はっちょうぼり》の役宅を抜け出して、一人で本間家を見張りに行った。しかし、成瀬が騒いだあの日以来、盗賊はぴたりと出なくなっていた。

ますます怪しんだ成瀬は、

「必ず、尻尾《しっぽ》を出すはずだ」

急ぎ働きの味をしめた盗賊が、そうやすやすと止《や》められるはずはないと思い、金が尽《つ》きれば動くと信じて、来る日も来る日も、本間家を見張っていた。

そんなある夜、悲劇が起きた。

成瀬がいつものように見張りに出かけた夜、賊が八丁堀の役宅に忍び込み、新妻が殺されてしまったのだ。二人は夫婦になってまだ八ケ月だった。

物音に目を覚《さ》ました下女が、奥の寝間に様子を見に行った時には、妻は手籠《てご》めにされたあげくに、斬り殺されていた。まるで見せしめのように浴衣《ゆかた》を剝《は》ぎ取られ、仰向《あおむ》けに倒れていたという。

驚いた下女が悲鳴をあげて隣へ駆け込んだことで表沙汰《おもてざた》となり、成瀬が役宅を留守《るす》にしていたことが先の奉行の耳に入った。

問い詰めた先の奉行は、成瀬が禁を破って本間家を見張りに行っていたことを知って激怒し、十手《じって》を取り上げて与力宅預かりを命じて、謹慎させていたのだ。

それから半年の月日が流れ、この度奉行が長恵に替わったのを機に、謹慎が解かれたというわけだ。

話を聞いた長恵は、

「危《あや》ういな」

と言い、腕組みをした。

浮かぬ顔をしている成瀬は、一見すると覇気がないように思えるが、目は、ぎらついている。

「あれは、復讐《ふくしゅう》に燃えている目だ。このままにしておけば、間違いを犯《おか》しかねない」

長恵の言葉を受けた忠兵衛が、不安げに言う。

「謹慎させますか」

「いや、わしが面倒を見てやろう」

長恵が言うや、忠兵衛が顔をしかめた。

「何をなさるおつもりですか」

「まずは話を聞く」

「されど御奉行、御奉行には御奉行の務めがございます。御奉行には与力二十五騎、同心百二十名の配下がおりますので、一人の同心のみに目をかけていたのでは、他に監督の目が届きませぬぞ」

「気になるものを放ってはおけぬ」

長恵は長袴を引きずって、同心の詰所に行った。

奉行が突然現れたので同心たちが目を見張ったが、長恵はくだけた様子で皆に声をかけ、筆頭同心に成瀬はどこかと訊《たず》ねた。

「外で掃除をさせております」

謹慎が解けたとはいえ、皆の目が辛《つら》かろうと配慮した上役の親心だった。

頷いた長恵は、

「ちと、借りるぞ」

そう言って一度部屋に戻った。

廊下で待っていた忠兵衛が、戻って来る長恵を見て部屋に入り、素知らぬ顔でいる。

部屋に入った長恵が、忠兵衛に言う。

「ちと町の様子を見てくる」

長恵がそう言った時には、既に裃を脱《ぬ》ぎ捨て、長袴から足を抜き、着流し姿になっていた。

「御奉行、何をなさります。ここはお屋敷ではございませぬぞ。南町奉行所の役宅でござる。みだりに町へ――。御奉行、御奉行！」

裃と長袴をかかえて必死に止めようとする忠兵衛を置き去りにして、長恵は外に出た。

成瀬は、町方同心の顔である墨染《すみぞめ》の紋付を着けず、灰色に黒い縞《しま》の着物の裾《すそ》を端折《はしょ》って竹箒《たけぼうき》を持ち、玄関から門までの間に落ちた枯葉を黙々と集めていた。

頃合を見計らい、長恵が声をかけた。

「おい成瀬」

振り向いて顔を上げた成瀬が、奉行に驚き、頭を下げた。

「はは」

「箒を置いて、ちと、わしの供をしてくれ」

意外そうな顔をする成瀬に、

「早くしねぇか」

長恵は伝法《でんぽう》な口調で言う。

成瀬は箒を下男に渡し、急いで支度《したく》に戻ろうとしたが、長恵がそのままでいいと言って止めた。

「わしもこの身形だ。いいか、門から出たら、わしらは町人だ」

長恵が、他言無用だと付け加えると、成瀬は戸惑《とまど》いながらも、承諾した。

二人は表門ではなく、脇門から市中へ出た。

成瀬を知っている門番が、どうしてこんなところから、という顔で驚き、長恵に警戒《けいかい》の眼差《まなざ》しを向けた。

「おい、このお方は御奉行だ」

成瀬が言うなり、門番は愕然《がくぜん》として頭を下げるので、長恵が問う。

「お前の名は」

「藤助《とうすけ》でございます」

「藤助、よいか。これからわしは、忍んでここを通ることがある。その時はよろしく頼むぞ」

「ははあ」

頭を下げる藤助に頷き、長恵は路地へ出て、表の通りへ向かった。

二

長恵と成瀬は、数寄屋橋《すきやばし》を渡って市中へ出ると、堀端を北へ進み、西紺屋町《にしこんやちょう》の辻を右に曲がってまっすぐ歩み、新両替町《しんりょうがえちょう》の大通りを行き交う人を縫《ぬ》うようにして横断した。

の前に立った。

三十間堀町《さんじつけんぼりちょう》一丁目に行くと、堀に架《か》かる紀伊国橋《きのくにばし》を渡り、袂《たもと》の右側にある店の前に立った。

小料理屋の「あさや」は、長恵の行きつけの店である。

南町奉行ともあろう身分の者が、着流し姿で町へ出たかと思えば、庶民が酒を呑《の》む、どこにでもありそうな店構えに入ろうとしている。

供を命じられた成瀬は、困惑顔だ。

「まだ日が高いが、ちと付き合え」

長恵が言うと、成瀬は、本当に入るのかという顔をしている。

長恵は構わず暖簾《のれん》をくぐった。

「いらっしゃい」

明るく声をかけたのは、おかみのお幸《こう》だ。

ぱっと華があるお幸は、女ざかりの三十二歳。女手ひとつで六歳の男の子を育てている。

小上がりの掃除をしていたお幸が顔を出し、

「あら金さま、いらっしゃい」

気軽に声をかける。

「金さま……」

成瀬は、ちらりと長恵を見た。

「そう言うことだ。ここは馴染《なじ》みゆえ、遠慮はいらぬ」

小声で言った長恵が、板場近くの食台に行き、床几《しょうぎ》に腰かけた。まだ日が高いので、客は一人もいない。

長恵は、入り口に立っている成瀬に声をかけた。

「敬《けい》さん、まあ座れ」

気軽に呼ばれて成瀬は動揺したが、正面に座れと示されて、素直《すなお》に応じて座った。

何も言わずとも、茄子《なす》の浅漬けと熱燗《あつかん》を持って、お幸が来た。

「はいどうぞ」

先に成瀬に勧《すす》めるので、

「いや、わたしよりおぶ――、ではなくて――」

御奉行と言いかけて言葉を呑み込んだ成瀬が、何と呼べばいいのか戸惑っている。

長恵は、明るい笑みを浮かべた。

「この形《なり》だ。金でいいぜ」

「はあ」

「あら、お二人は知り合ったばかりなの」

お幸が言うので、長恵はそうだと答えた。

「つい今しがた顔を合わせてな、意気投合したから誘ったのよ。おい敬さん、この茄子は絶品だ。食ってみな」

「あら、お上手」

お幸が長恵の肩を叩《たた》いたので、成瀬は驚いた。

（どうやらおかみは、池田様のご身分を知らぬらしい）

成瀬はそう思いつつ、動揺して震える手で箸《はし》を伸ばし、茄子を食べて瞠目《どうもく》した。

「旨《うま》い」

「だろう。ささ、呑め」

長恵から勧められた酒を恐縮して受けた成瀬は、ぐいと空《あ》けて、臓腑《はらわた》に染みる酒に目をつむる。半年ぶりに呑む酒に、長い息を吐く。

その様子を見ていた長恵が、お幸に目配《めくば》せをした。

お幸は、長恵の正体を知っていて、店では知らぬ顔をしているのだ。

頷いたお幸が、板前の三太《さんた》に料理の差配をしに下がるのを横目に、長恵は成瀬に酒を勧める。

「今日は、おれに付き合え」

わしではなくおれと言い、すっかり町人になっている長恵に、成瀬が訊《き》く。

「おぶ、いえ、金さまは、いつもこちらに来られているのですか」

「堅苦しい言葉遣いはなしだ」

言った長恵が酒を勧めるので、成瀬はぐい飲みを差し出して、注《つ》がれた酒を呑み干した。

長恵が、さりげなく言う。

「聞いたぜ。辛い目に遭ったんだってな」

「……」

成瀬は言葉を失い、静かにぐい飲みを置いた。

長恵は鋭い目を向け、小声で問う。

「お前、妻の仇《かたき》を取る気だな」

ずばりと言われて、成瀬は動揺した。咄嗟《とっさ》に顔を伏《ふ》せ、表情を見られないようにしたのだが、その様子を長恵が見逃すはずもなく、更《さら》に問う。

「妻を酷《ひど》い目に遭わせたのが誰か、見当が付いているのか」

「い、いえ」

長恵は、否定した成瀬の表情を見て、ため息を吐《つ》いた。どうやら、嘘《うそ》を言っているようだ。

「まあいい。だが、ひとつだけ言っておく。決して、早まったことをしてはならんぞ」

「……………」

押し黙る成瀬に手を伸ばした長恵が、肩を摑《つか》んだ。

「なあ、成瀬」

配下を案じる長恵の気持ちが、痛いほど伝わってくる。成瀬は、辛そうに目を閉じた。

「御奉行も、相手が悪いと申されますか」

言われて、長恵は成瀬の肩から手を離し、座りなおした。じっと成瀬を見据えて言う。

「本間のことか」

「はい」

長恵は、ゆっくりと首を横に振る。

「確たる証《あかし》があるなら、相手が誰であろうと容赦《ようしゃ》はせぬ。証があるのか」

成瀬が、悔しげな顔で首を横に振る。

「ならば、今はおとなしくしていろ。このおれが、必ず力になる」

思わぬ言葉に、成瀬は驚いた。

「御奉行」

「その呼び方はよせと言った。さ、呑め」

ちろりが空になったので、長恵がお幸に声をかけようとした時、店の戸口にいたお幸が悲鳴をあげた。縞の着物を端折り、股引《ももひき》を穿《は》いた男が跳び込んで来たのだ。

慌て者の気性が顔の相に出ている三十男が、ギョロ目で長恵を見るなり、指差した。

「いた！　金さま、助けておくんなさい」

「おい鶴《つる》、どうした、そんなに慌てて」

「斬り合いだ。すぐそこで、侍が刀を抜きやがった。若い男と女が斬られる。早く助けてやっておくんなさい」

岡っ引きのくせに、怯《おび》えた顔で息をぜいぜいやりながら鶴治郎《つるじろう》が言うので、長恵は案内しろと言い、店から飛び出した。

「金さま、あそこだ」

鶴治郎が指差す。

紀伊国橋を渡った対岸に、抜刀した侍がいた。その後ろにも数名屯《たむろ》しており、頭目は覆面《ふくめん》をしている。

「おい！」

長恵は怒鳴《どな》り、紀伊国橋を駆け渡ったが、

「つあ！」

侍が、追い詰めていた者に斬りかかった。

白昼堂々、野次馬がいる中での暴挙に、長恵が怒りをあらわに突進する。

それに気づいた侍が振り向き、刀を振り上げて斬りかかったが、長恵は一撃をかわして相手の手首を摑んでひねり飛ばした。この時にはもう、刀を奪っている。

「おう、こんな町中で何してやがる。貴様ら何者だ」

刀を奪い、叱責《しっせき》する長恵のことをどう思ったか知らぬが、侍たちは油断なく下がって間合いを取り、

「退《ひ》け」

頭目が呻《うめ》くように言うや、踵《きびす》を返して去った。

長恵が投げ飛ばした侍も、反対側に駆けて行く。

刀をほうり投げた長恵は、倒れている男に駆け寄った。町人風の若い男は腕を斬られ、手で押さえて痛みに呻いている。

その男を心配している女は、矢絣《やがすり》を着た、若い腰元だ。

「傷を診《み》せてみろ」

長恵が、男の手をどけると、右の二の腕から血が流れた。

「深いな。このままではいかん。立てるか」

長恵が言うと男が頷いたので、手を貸した。

成瀬が駆け寄り、男の左腕を自分の肩に回して助けたので、長恵が頷く。

「おい鶴、ここから医者は遠いのか」

「ちょいとありますぜ。呼んだ方がよろしいでしょう」

「分かった。敬さん、お幸の店に連れて行くぞ」

った。

お幸が先に上がり、板前の三太が成瀬に手を貸して、男を連れて段梯子《だんばしご》を上がった。

「二階へどうぞ」

長恵たちが紀伊国橋を戻ると、店の前で待っていたお幸が暖簾を分けた。

「鶴、ぼやっとしてないで医者を呼べ」

長恵に言われて、鶴治郎が跳ねるように駆け去った。

「はい」


程なく連れて来た医者の診立てでは、傷は深いが筋は切れていないらしく、ひと月もすれば治ると言ったので、その場にいた皆が安堵《あんど》した。

「今夜は高い熱が出ようから、動かぬほうがよい」

手当てを済ませた医者が桶《おけ》の水で手を洗いながら言い、弟子《でし》が熱冷ましの薬を出した。

腰元の女が深々と頭を下げ、簪《かんざし》を抜いて渡した。

「これで、足《た》りましょうか」

差し出したのは金細工《きんざいく》の上物。

医者は多過ぎると言ったが、安堵した女は、引き取ってくれと頼んで差し出した。

「そうか。では、明日も明後日も、様子を診に参ろう」

医者はそう言って箬を受け取ると、ほくほく顔で帰った。

腰元の女が長恵に膝を転じて頭を下げようとしたので、手で制した長恵が、

「それよりも」

と言い、襲われた経緯を問うた。この時の目つきは厳しく、町奉行のものになっている。

女は、長恵たちが何者なのか不安そうな顔をしたものの、鶴治郎が十手を持っていたので安心したらしく、静かに語りはじめた。

「私は、日本橋《にほんばし》の木綿《もめん》問屋、常陸屋《ひたちや》の娘でございます」

「大店《おおだな》だ」

鶴治郎が言い、名を訊く。

「美咲《みさき》と申します」

男は、油屋の清吉《せいきち》と教えてくれた。

美咲と清吉は幼馴染みで、親に言われて武家に行儀見習いに出ていた美咲を心配した清吉は、奉公先の旗本屋敷に油を売りに行き、時々顔を合わせては、ひと

言ふた言言葉を交わしていたらしい。

　ここまで述べた美咲が、急に口籠《くちごも》ったので、清吉が痛みをおして受け継《つ》いだ。

「ところが今日は違ったんです。あっしが、いつものように菜種油を瓶《かめ》に足していると、美咲が血相を変えてやって来て、助けてくれと泣き付いたんで、どうしたのかと聞いたら、手籠《てご》めにされそうになったと言うじゃござんせんか。あっしはもう、たまらなくなって、無我夢中で手を引いて逃げて来たんですが、ここまで逃げたところで追いつかれてしまったんです」

「そいつは危ないところだったな」鶴治郎が言い、旗本の名を訊いた。「わしらのような町方には手が出せない相手だが、一応訊いておこうか」

　これには、美咲が答えた。

「悪いのは、御書院番頭、本間直正様の次男源九郎《げんくろう》と、その仲間たちです」

　成瀬が目を見張った。

「本間だと」

　成瀬にとっては、忘れることが出来ぬ名だ。

　鶴治郎が成瀬を見て、

「おや、成瀬の旦那じゃござんせんか」

と、ここでようやく気づいた。

墨染の同心姿ではなかったので、思いもしなかったらしい。鶴治郎はすぐに、このお方は町方同心だと清吉たちに教えて安心させた。

そのうえで、首を傾《かし》げる。

「金さまと旦那は、どういう御関係で？」

「それは私が訊きたい。鶴治郎親分は、金さまのことをどのように知っているのだ」

「どのようにって、妙な言い方をなさいますね。まあいいや。わしと金さまは、呑み友達ですよ。ここの常連という奴《やつ》です」

「そうか。そうであったか」

「旦那はここの常連じゃございませんよね。どういったお知り合いで？　ああ、まさか金さま、何か悪さをしなすったか」

「いいや、ちょいとした知り合いだ」

成瀬は誤魔化《ごまか》し、暗い顔で押し黙った。

鶴治郎は、成瀬と本間家の因縁《いんねん》を知っているらしく、

「旦那、大丈夫ですか」

と、気遣う。

すると成瀬が、拳《こぶし》を畳《たたみ》に打ち付けた。

「源九郎め、やはり奴は、悪党だ」

悔しげに、目を充血させて言う。

「妻を殺したのは、源九郎に違いないのだ」

怒りを露《あら》わにする成瀬に、美咲が怯えた顔をしている。

長恵は、成瀬の肩を叩き、

「落ち着け」

たしなめたが、成瀬は、長恵に怒りをぶつけるように言った。

「旗本の息子ならば、何をしても咎《とが》められないのですか」

「その話は、あとでゆっくり聞く。お前は声が大きいから、怪我《けが》人の傷に響く。下へ行こうか。おかみ、清吉さんと美咲さんを、しばらく休ませてやってくれ」

匿《かくま》え、という意味を含めた長恵の頼みに、お幸は快諾した。

成瀬を階下へ連れて下りた長恵は、二人で外へ出た。堀端に行き、

「胸の内に秘めていることがあれば、ここでわしに言うてみろ」

そう促《うなが》すと、成瀬は、本間源九郎を恨む理由を語った。

成瀬は半年前、本間家の見張りをしていた時、源九郎に屋敷の前で因縁をつけられ、酷く殴《なぐ》られていたのだ。三人がかりで痛めつけられ、意識が朦朧《もうろう》としていた時、

「こやつの女房は、なかなかの上玉だ」

そう言った声と、あざ笑う声を、はっきりと聞いていたという。

話を聞いた長恵は、胸が苦しくなった。

「そのことを、先の奉行は知っているのか」

「言いましたが、それだけではなんの証拠にもならぬと言われました。それどころか、わしの出世を妨《さまた》げるようなことを言うなと、お叱《しか》りに」

「己の出世のために部下の訴えを退《しりぞ》けるとは、あさましい」

「先の御奉行は、『お主ら不浄役人とは生きる世界が違う』と、そう思われていたのです。あなたも旗本だ。本心は、そうではないのですか」

「そう思われるのは、悲しいことだ」

長恵が成瀬を見ても、成瀬は顔をそらしたままだ。

成瀬の殺気が、奉行所にいた時より増したように思えた長恵は、

（こやつ、何をしでかすか分からぬ）

このまま帰すのは危ないと思い、決めた。

「成瀬、お前はここに残って、清吉と美咲の警固をしろ」

成瀬が不服そうな顔を向けた。

「どうして私が」

「口答えをするな。これは、奉行の命だ。わしの許しがあるまで、ここを離れてはならぬ。よいな」

成瀬は、渋い顔で頭を下げた。

店に戻り、お幸に成瀬を残すことを告《つ》げた長恵は、承諾したお幸の袖《そで》を引き寄せ、耳元でささやいた。

女ざかりの香りが、長恵の鼻をくすぐる。

「お幸、頼まれてくれるか」

「あら、水臭い言い方だこと。お任せくださいましよう」

長恵が微笑《ほほえ》むと、お幸は、赤い唇に笑みを浮かべて頷いた。

三

岡っ引きの鶴治郎は、相手が旗本なので関わる気など毛頭ない。

来たついでにと言って、酒を一杯ひっかけてから、町の見廻《みまわ》りに戻った。

重い足取りで二階に戻った成瀬は、
と、清吉と美咲がいる部屋の障子の前で声をかけてから開けた。

「入るぞ」

清吉は、薬が効いて眠っている。

成瀬は、また侍が戻ってくるといけないので、と言い、いつ許しが出るとも分からぬ警固に就いた。

長くとも、清吉がこの店から帰るまでだろうと思い直し、外側の障子を少しだけ開けて、紀伊国橋を眺《なが》めた。

先ほど斬り合いがあったことが嘘のように、日暮れ時の堀端は静かだった。

渡る人が減った紀伊国橋の下を、編笠《あみがさ》を被《かぶ》った船頭が操る荷舟が滑って行く。

ちらりと部屋に目を向けてみれば、美咲が、思いつめた顔で俯《うつむ》いている。

まだ何かある。

同心として長らく役目についていた成瀬の勘働きが、胸の内で騒いだ。

妻のことを想うと、訊かずにはいられなかった。

「よほど、辛い目に遭ったのか」

美咲が、成瀬の問いにはっとした顔を向けた。

「源九郎に、何をされたのだ」

「いえ、何も」

「そうか、ならば良いのだが」

しばしの沈黙が続いた。

成瀬は、妙に酒を呑みたくなり、おかみに頼むために立ち上がった。

「食べ物をもらって来よう」

そう言って部屋を出ようと戸口に向かう成瀬の前で、美咲が両手をついて訴える目を向けた。

「いかがした」

すると美咲が、成瀬に言う。

「貴方《あなた》様は、本当に町方同心ですか」

「そうだが、それがどうした」

「申し上げたいことがございます」

ただ事ではない様子に、成瀬が膝をおろして訊く顔をした。

「言ってみろ」

「私は、源九郎の悪巧《わるだく》みを聞きました」

「悪巧みだと」

やはり源九郎は悪人だった。

成瀬は、すべて話してくれと美咲を促した。

屋敷で奥女中として奉公していた美咲は、源九郎の部屋に近い廊下を通りがかった時に声が、聞くつもりもなく耳に入ったという。

源九郎には、日ごろ屋敷を出入りする悪友がいるらしく、この日も、数名が来ていた。

家の者は、次男の源九郎に興味がないのか、普段からほったらかしで、女中たちには源九郎の部屋に近づくなと言っていた。

だがこの日、美咲は奥方から頼まれた古い着物を納戸に取りに行くために、源九郎の部屋の近くを通らなければいけなかったのだ。

そこで美咲が耳にしたのは、源九郎の仲間が、

「神田《かんだ》の蠟燭《ろうそく》問屋の亀丸屋《かめまるや》には、金がたんまりある」

と言う言葉だった。

「押し込むのは、新月が狙い目だ」

という言葉を聞き、怖くなって逃げようとした時、源九郎の仲間の一人と廊下で鉢合わせになり、酔っていた相手に絡まれたという。

美咲が、声を震わせて言う。

「逃げようとしたのですが、腕を摑まれて部屋に連れて行かれ、押し倒されたのでございます。刀を突きつけられ、もう駄目だと諦めた時、他のお女中方が声をあげてくださり、その隙《すき》に逃げることができたのでございます。御台所まで逃げましたら清吉さんがいたので、助けてもらいました」

「そいつは、危ないところだったな」成瀬は言い、考えた。「お前さんが立ち聞きしたことを、奴らは知っているのか」

「いえ、気づかれていないと思います」

「そうか」

（ならば、奴らは事を起こす）

成瀬はそう思い、美咲に言う。

「ここまで逃げて来られたことは、天のお導きだ。よく教えてくれた」

「いえ」

「連れ出してくれた清吉に感謝しろよ」

「はい」

美咲は、眠っている清吉を、愛《いと》おしそうな顔で見た。

「金さまというお方と成瀬様が助けてくださらなければ、私たちは生きていなかったでしょう。この御恩は、生涯《しょうがい》忘れません」

「当然のことをしたまでだ。金さまだって、そう思っていなさる」

そう言った成瀬は、はっとした。

「待て、源九郎たちは、新月が狙い目だと言っていたのだな」

「はい」

成瀬は立ち上がった。

「今夜は新月だ。奴らはもうここには来ぬから大丈夫だ」

「えっ」

驚いた顔で見上げる美咲に頷いて見せた成瀬は、部屋を出て段梯子を駆け下りた。

下にいたお幸が、

「今お酒をつけますからね」

声をかけたのを断り、

「急ぎの用ができたので帰る」

成瀬はそう言い、店から駆け出た。

板場にいた三太がお幸に頷き、勝手口から外に出ると、成瀬のあとを追った。

店から出た成瀬は、奉行所に向かう紀伊国橋を渡らずに堀端を東へ走り、八丁堀の役宅へ帰った。

後をつける三太は、辻ごとに目印の米を道の端へこぼしつつ、気づかれぬように追って行く。

謹慎が解けたばかりの成瀬は、辛い思いが残る役宅を希望して戻してもらっていたのだが、下女も下男も、妻が殺された役宅に戻るのを嫌ったので、誰もいない。

暗く冷たい役宅に帰った成瀬は、仏間に行き、刀簞笥《かたなだんす》から大刀を取り出した。

亡き父が残してくれた、無銘《むめい》の一振りだ。

復讐に燃える成瀬は、恐ろしい形相《ぎょうそう》で、静かに抜刀した。

夕暮れ時の薄暗い部屋の中で、真剣の刃文が鋭い輝きを見せる。

成瀬は、目を閉じて念を込めた。刀を納め、仏壇に向かい、妻の位牌《いはい》に仇を討つと誓い、成瀬は役宅を出た。

暗くなりはじめている空に月が出ていないのを確かめた成瀬は、刀を着物の帯に落とし、神田に向かった。


蠟燭問屋の亀丸屋は、夜遅くまで店を開けている。

暮れ六つ（午後六時頃）がとうに過ぎ、一刻過ぎたころになってようやく表の上げ戸を下ろし、店じまいをした。

その後も、番頭や手代たちは帳面仕事を続けているので、中の明かりが消えることはない。

店の様子を、通りを挟んだ向かいにあるそば屋から見ていた成瀬は、笊《ざる》そばひとつでねばる客を疎《うと》ましく見る目を向けられるのも構わず、待ち続けている。

痺《しび》れを切らせた店のおかみが、

「あのう、お客様」

声をかけてきたので、成瀬は丸亀屋から目を離すことなく、袂《たもと》から一朱金を出して渡した。

現金なおかみが笑みを作り、

「ごゆっくりどうぞ」

と言って下がり、気を利《き》かせて熱燗を持って来た。

ちらりと目を向けた成瀬が、ちろりを受け取り、直接口を付けて酒を含むと、刀の柄《つか》に噴きかけた。

ぎょっとするおかみに、成瀬が言う。

「安堵しろ。おれは南町奉行所の者だ。ところで、そろそろ店じまいであろう」

「はい、はい」

「ならば、今宵《こよい》はここを借り受ける。火を消して去れ」

「あのう、何か捕物がございますので」

成瀬がじろりと睨《にら》んだので、おかみは一歩下がった。

「このことは極秘だ。誰かに喋《しやべ》れば、お前たちをしょっぴくことになる。よいな」

「はい。誰にも言いません」

「よし、では、これは借り賃《ちん》だ」

成瀬は一朱金をもう一枚渡し、店を借り切った。

おかみと亭主は、店の片付けもそこそこに、夜食の握り飯をそっと出してくれて、住まいにしている二階へ上がった。

店の蠟燭の火をすべて吹き消した成瀬は、亀丸屋に目を光らせた。

まんじりともせず、半刻《はんとき》が過ぎる。更に半刻。

そば屋の夫婦がいる二階の明かりはとっくに消えている。そして、亀丸屋の店の明かりが消えた。このあたりでは一番遅くまで夜なべをしていた亀丸屋の明かりが消えると、通りは、辻灯籠《つじどうろう》の明かりが申し訳程度に届くだけで、そば屋からは、亀丸屋の看板も見えないほど暗くなった。

成瀬は、暗闇の中で目を光らせている。

拍子木《ひょうしぎ》の音と、火の用心の声が近づいてきた。道に明かりが射《さ》し込み、そば屋の前を通り過ぎていく。

更に時が過ぎ、小腹が空いた成瀬は、手探りで握り飯を掴むと、口に運んだ。気が張っているせいか、味がよく分からない。この握り飯だけでなく、妻が殺されてからというもの、成瀬は、食べ物が旨いと思ったことがほとんどない。あさや、の茄子の漬物を食べた時は、妻の味に似ていたので涙がこぼれそうになるのを必死にこらえた。

久々に、旨いと思った。

握り飯を食べるのを止めて、脇に置いた成瀬は、外の闇に目をこらす。

どれほど時が過ぎた頃だったか。僅《わず》かな明かりを照らしていた辻灯籠の火が、ふっと消えた。

四

「来た」

成瀬は緊張した。

大刀を握り、賊が現れるのを待った。すると、闇の中を駆けてくる足音がして、亀丸屋の表に、黒装束《くろしょうぞく》の一味が現れた。

成瀬が見ている前で、黒装束の一味は表のくぐり戸を打ち破り、店に押し込んだ。

「野郎」

成瀬はそば屋の勝手口から出ると、亀丸屋に忍び寄った。店の戸口を見張っていた一味の者に近づき、一気に突進する。

気づいた見張りが、慌てて刀を抜こうとしたが、成瀬が刀を突き入れた。

「う、ぐう」

目を見開いた賊が、成瀬の着物を摑んできたが、その力はすぐに弱まり、崩《くず》れるように伏し倒れた。

刀を抜いた成瀬が、くぐり戸から飛び込む。その時、奥で悲鳴があがった。

「おのれ」

源九郎の思うままにはさせない。

成瀬は、廊下に漏《も》れている明かりを頼りに走った。すると、裏側の奉公人部屋から血まみれの男が出て来て、雨戸を破って裏庭に倒れた。

別の奉公人を斬ろうとした賊が、成瀬に気づいて声をあげる。

「おいみんな！」

仲間を呼ぶと、奉公人を突き放して刀を構えた。

成瀬は刀を正眼に構え、前に出る。

奥から出て来た賊どもが、雨戸を蹴破り、裏庭に下りて成瀬の右を取り、別の者は部屋に回り、左を取った。

正面から現れた覆面の男が、余裕綽々《よゆうしゃくしゃく》に言う。

「わざわざ死にに来たようだ」

成瀬が睨む。

「貴様、本間源九郎であろう。貴様に妻を殺された成瀬敬一郎だ。覆面を取れ、堂々と勝負しろ」

「知らんな」

賊はそう言うと、すらりと刀を抜き、下段に構えた。

成瀬が斬りかかろうとしたが、左から不意を突かれて襲われ、慌ててかわそうとしたところを、切っ先が左の腕をかすめた。

「くっ」

二の腕に痛みが走り、指先が痺《しび》れた。続いて襲ってきた別の敵の一撃をかわし、庭に転げ落ちた。しかし起き上がろうとした成瀬にその賊は、顔の前に切っ先を突きつけ、動きを封じた。

顔を引きつらせる成瀬に、刀を突きつける賊が勝ち誇って言う。

「妻の柔肌《やわはだ》を断ち切ったこの太刀《たち》で、地獄へ送ってやろう」

「き、貴様が、妻を斬ったのか」

「いかにも」

すると、廊下にいる覆面の賊が、手下に店の者たちを別の部屋に押し込めさせておき、覆面を取った。

成瀬が睨む。

「源九郎、やはり貴様が妻を――」

「このわしが、不浄役人の女房などに興味があるはずはなかろう。貴様の女房は、目の前にいる男と、ここにいる手下ども一人ひとりに、代わる代わるなぶりものにされたのだ。ひいひいわめいていたそうだぞ。おい誰か、その時の様子を教えてやれ」

源九郎はそう言うと、楽しげに高笑いをした。

「おのれ！」

怒りに我を忘れた成瀬が、妻を斬った男に叫んだが、それが精一杯の抵抗だ。男が、刀を振り上げる。死を覚悟した成瀬は、怒りと無念に、歯を食いしばった。

だがその刹那、成瀬を斬ろうとした賊が、飛んできた物に気づいて刀を振るい、弾《はじ》き落とす。地面に落ちたのは、小柄《こづか》だ。

「なに奴」

そう言って、小柄が飛んできた庭の角に目を向けると、着流し姿の男が現れた。

斬りかかる賊の手首を摑んで投げ飛ばし、鮮やかな手並みで刀を奪った。

「貴様、あの時の」

賊が言うのに、長恵が顔を向ける。

「ほほう、紀伊国橋の袂にいた奴らか。てことは、本間源九郎の一味だな」

長恵が言い、成瀬のそばに寄る。

成瀬が、御奉行と言う前に、長恵が口を開いた。

「敬さん、助《すけ》っ人《と》に来たぜ。だが殺しちゃ駄目だ。あとは、おれに任せろ」

「おぶ――」

御奉行と言う成瀬の口を、長恵が制した。そして、刀を峰《みね》に返して構える。

「どうした悪党ども。かかって来ないなら、こっちから行くぜ」

「お前たち何をしている。斬れ、斬れ!」

源九郎が叫ぶや、手下どもが気合を発して斬りかかった。

長恵は太刀筋を見切ってかわし、賊の腹を打つ。次の賊の刃《やいば》を紙一重《かみひとえ》でかわすや、背中を峰打ちにした。

凄まじい太刀筋に、手下どもが後じさる。

「行け！」

源九郎に押された手下が、やけになってかかってきたが、長恵は刀を弾き飛ばした。

手下が目を見張り長恵の前から逃げたので、源九郎が引きつった顔で刀を構えた。

長恵は猛然と前に出た。

源九郎が慌てて刀を突き出したのを、長恵は弾き飛ばす。そして、切っ先を眼前に突き付けると、刃を返した。長恵の凄まじい剣気に圧《お》された源九郎が尻もちをつき、命乞《いのちご》いをした。

「ま、待て、待ってくれ」

長恵は刀を廊下の床に突き立て、懐剣を出す。

金獅子が見事な拵《こしら》えの拝領刀を見せ、

「浮世の悪を、この金獅子が許すはずもない」

そう言うや、すらりと抜刀して斬りつけた。

胸を一文字に浅く斬られた源九郎が悲鳴をあげた。ぱくりと口を開けた着物に驚愕《きようがく》の眼差《まなざ》しを向け、肌から浮き出る血を見るや、長恵を睨む。

「おのれぇ」

源九郎が悔しげに言った時、成瀬の妻を斬った男がようやく長恵の前に現れ、刀を構えた。

隙のない構えは、いっぱしの剣客《けんかく》のようだ。

長恵は、床に突き立てていた大刀を握った。

剣客が盾となって前に出る後ろで、源九郎が静かに後じさり、さっと踵《きびす》を返して逃げた。

長恵と成瀬が追おうとしたが、剣客が行く手を阻み、斬りかかる。

危うく斬られそうになった成瀬が跳びすさり、長恵が、剣客に鋭い目を向けて大刀を正眼に構えた。

剣客が気合をあげて、長恵に一刀をみまう。

長恵は、袈裟懸《けさが け》に打ち下ろされた刀を受け、腰に力を込めて突き放すや、剣客が斬り下げるより早く、相手の肩を打った。

「ぐあ」

骨を砕《くだ》かれた剣客が、苦しげな顔をして呻き、肩を押さえて片膝をつく。耐えがたい痛みに襲われた剣客は、地べたを転がってのたうち回った。

手下たちが長恵に斬りかかろうとした時、外が騒がしくなった。

板塀の上に、御用と書かれた高張提灯《たかはりぢようちん》が掲《かか》げられるのを見た長恵が、ほくそ笑む。

出張って来た忠兵衛が、配下を連れて突入し、

「南町奉行所だ。それ、ひっ捕らえい！」

命じるや、同心と捕り手が一斉にかかり、賊どもと乱闘になった。

数に勝る町方に敵《かな》うはずもなく、賊どもが次々と捕らえられていく。

忠兵衛が長恵に気づいて、あっと声をあげたので、

「あとは任せたぜ」

と言って、長恵は忠兵衛の肩を叩き、その場を立ち去ろうとした。だがその時、

「妻の仇！」

成瀬が叫び、縄をかけられていた剣客に向かって行き、刀を突き刺して殺し

た。

「しまった」

長恵は戻ろうとしたが、忠兵衛が止めた。

「あとはそれがしにお任せください。その身形では、皆に示しがつきませぬ。さ、皆が気づかぬうちに、奉行所へお戻りください」

そう言って裏木戸から外に出された長恵は、仕方なく、夜の町を歩みはじめた。

鎌倉河岸《かまくらがし》へ向かっていた時、

「おい、金太郎」

と、声をかけられたので立ち止まった長恵の前に、辻の暗闇から現れた者がいる。

陣笠と防具をつけ、捕物装束をまとっているのは、知った顔である。

長恵は、油断のない目を向けた。

「これはこれは、長谷川平蔵《はせがわへいぞう》殿」

長恵が先に頭を下げたので、平蔵は薄笑いを浮かべて言う。

「相変わらず、狸《たぬき》よのう」

「ふ、ふふふ」

笑う長恵に、平蔵は言う。

「亀丸屋の一件、町方の手には負《お》えまい。火付盗賊改方《ひつけとうぞくあらためかた》に引き渡せ」

「ほほう、さすがは鉄《てつ》、賊に目を付けておったか」

と、こちらも幼少時のあだ名で呼ぶ。

「さようさ。渡してくれるな」

「そうはいかぬ」

「ばかな。相手が悪い。逃げられるぞ」

「まあ見ておれ。この池田長恵、決して悪を許しはせぬ。では、ごめん」

長恵は頭を下げ、平蔵の前から去った。

控えていた平蔵の手下《てか》たちが現れ、

「おかしら、よろしいのですか」

と、訊く。

すると平蔵は、去っていく長恵を見て言う。

「あの者は、わしを差し置いて町奉行になった男だ。お手並み拝見といこう。戻るぞ」

「はは」

平蔵は、手下《てか》たちが引き上げる中で再び長惠に目を向け、

「金太郎め、次は負けぬぞ」

鼻先で笑うと、踵を返して去った。

平蔵も昔は〝本所《ほんじょ》の銕〟と呼ばれて恐れられ、若い頃は二人で〝金物兄弟〟と指差されたものだ。

五

翌日の昼、捕らえた賊どもを取り調べた吟味役与力の前園伝八《まえぞのでんぱち》が、長惠の呼び出しに応じて奉行の部屋に来た。

城から戻り、書類に目を通して奉行の仕事をしていた長惠の前に座った前園が、浮かぬ顔をする。

「口を割らぬか」

長惠の問いに、前園がほとほと参った様子で長い息を吐いた。

「いやはや、口が堅《かと》うございます。海苔問屋の磯屋ほか三軒の急ぎ働きと、合わ

せて千二百両余りの強奪《ごうだつ》は認めましたが、本間源九郎のこととなると、急に口を閉ざします。見上げた忠義の者でございます」

「忠義などではなかろうよ。頭目の源九郎を助けることが、お縄にかけた我らに対する復讐だ。助けたところで、源九郎が感謝するはずもないということは、奴らも分かっておろうがな」

「と、申されますと」

「城で、目付役の戸田《とだ》殿から報《しら》せがあった。本間家には、源九郎を訪ねて出入りしていた者は一人もおらぬそうだ。美咲なる女中は、妄想癖《もうそうへき》がひどいので暇《ひま》を出したと、いけしゃあしゃあと言ってきおった」

「御目付役は、そのような苦しい言いわけを信じておられるのですか」

「あの戸田と申す男、書院番頭の本間家の者が押し込み強盗を働くなどありえぬと決めてかかっておる。よう調べろと、このわしを叱《しか》りつけおった。腹を斬れと言わんばかりの剣幕でな」

「なんたる無礼な」怒りの声をあげたのは、忠兵衛だ。「それで御奉行、その場をどのように乗りきられたのでございます」

「決まっておろう。わしは町奉行だ。すべては、お白州《しらす》ではっきりさせる、と、啖呵《たんか》を切ってやったわ。疑いを晴らしたければ、賊どもを吟味するお白州に源九郎共々参れと言うてやった」

「それで、御目付役の返答は」

「うむ。明日、本間源九郎をお白州へ呼ぶことになった」

前園が愕然とした。

「それはなりませぬ」

「何がいかん」

「捕らえた者たちは、まだ名前すら分かっておりませぬ。どうせ浪人でしょうが、源九郎のことなど知らぬと言い張られましたら、どうしようもできませぬ。それに――」

前園が言葉を呑み込むので、長恵が腕組みをして見据えた。

「言いたいことがあるのなら、はっきり申せ」

前園が、ためらいがちに言う。

「賊の頭目は、成瀬が斬った男だと言い、それ以外に仲間は一人もいなかったと、その一点張りでございます」

「それはいかん」忠兵衛が焦《あせ》った。「御奉行、お白州でそう証言されたらば、御目付役がなんと申されるか。想像しただけで寒気がします」

「慌てることはない。賊どもが口を割らぬなら、お白州で決着をつけてやるまでだ。それよりも前園」

「はい」

「成瀬のことを、どうにかしてやれぬか」

問われて、前園は険しい顔をした。

「それは、どうにもできませぬ。大勢の者がいる前で、お縄にかけられた咎人《とがにん》を殺すなど、わたしは二十年このお役目を務めさせていただいておりますが、聞いたことがございません」

「そこを、頼めぬかと言うておる」

「御奉行の申されることでも、これぱかりはどうにもなりませぬ。成瀬は私情に我を忘れ、御奉行の命令を破って勝手な行動をしたばかりか、二人も斬り殺しているのですから」

「切腹、か」

長恵が問うように言うと、前園は厳しい顔をして、辛そうに首を横に振る。

「いかに同心といえども、お縄になっている者を殺したのです。例繰方与力《れいくりかたよりき》の浅《あさ》間《ま》が、打ち首もいたしかたないと、申しておりました」

「厳し過ぎはしないか」

「ここでお咎めなしにいたせば、第二、第三の成瀬が出ます。町方同心は、火付盗賊改方と違い、咎人を切り捨てることを許されておりませぬ。ですが、常に悪人と向き合いますので、中には怒りに負けそうになる者がいます。まして、成瀬のように、妻を殺《あや》めた憎き仇が目の前に現れたなら、斬りたくなるのが人情です。それゆえ、咎人を殺めるという間違いを犯さぬために、同心が帯《お》びる刀は刃を落とされているのです」

「うぅむ」

前園の言うことはもっともなことである。

長恵は、これ以上何も言えなかった。

前園が、はっとして頭を下げた。

「こ、これは、私としたことが、御奉行にこのようなことを申すのは、釈迦《しゃか》に説法でございました。お許しください」

「よいよい。じゃが、成瀬を死なせるのは、実に、惨《むご》いことよのう」

長恵はそう言うと、誰にも覚《さと》られぬように、指で目尻をぬぐった。

　翌日、南町奉行所のお白州に、亀丸屋に押し入った者どもが引き出され、筵《むしろ》の上に正座させられた。罪人の前には、警戒をする蹲《つくばい》同心が二人ほど控え、白州を見おろす座敷には、見習い与力二名、書役同心一名、吟味与力の前園、例繰方与力の浅間の順に座っている。

　いつもはこの顔触れなのだが、今日は、公儀御目付役の戸田と配下の徒目付《かちめつけ》、小人目付《こびと》、源九郎、そして、源九郎の父、本間直正が来ている。

　書院番頭の直正は、座敷に置かれた床几に腰かけ、不機嫌《ふきげん》極まりない様子で言った。

「いつまで待たせるのじゃ。池田殿は何をしておる」

　退出しかねない剣幕に、忠兵衛が焦った。

「あいや、しばらく、しばらく」

「遅い！」

「ははあ」

　忠兵衛が平身低頭しつつ、顔を後ろに向け、控えている同心に目配せをした。見て来いと言われたことを覚った同心が奥へ下がろうとした時、襖が開けられ、裃長袴姿の長恵が現れた。

きりりとした顔をしている奉行が出てくると、白州の空気がぴりりと引き締まる。

一同が頭を下げたので、直正は怒りを静め、堂々と胸を張った。その横に座っている源九郎は、書院番頭の父がいるので、気が大きくなっているのだろう。

「不浄役人めが」

と言わんばかりの、見くだした顔で座り、余裕綽々だ。

御目付役の戸田は、どうしてやろうか、と舌なめずりするような表情で、座敷に現れた長恵に、鋭い目を向けてきた。

長恵は目礼し、威風堂々と告げた。

「これより、蠟燭問屋亀丸屋襲撃ならびに、近ごろ江戸を騒がす押し込み強盗に関わる咎人の吟味をはじめる。一同の者、面《おもて》を上げよ」

白州にいる咎人が顔を上げ、長恵に鋭い目を向けた。押し込み強盗は死罪だ。亀丸屋に踏み込んでいたところを捕まったのだから、言い逃れはできぬ。皆、死を覚悟して開き直り、恨みを込めた、凄《すさ》まじい目で長恵を睨みつけている。

涼《すず》しい顔をして咎人を見据えた長恵は、厳しく言う。

「そのほうらの罪は、既に明白。名乗らずともよいが、ひとつだけ問う」

中央に座る男が舌打ちをして、顔をそむけて言う。

「話すことなどない。早く終わらせろ」

「ほう、一人だけ素知らぬ顔をして、罪を逃れようとする者がいても構わぬと申すか」

「何を申しているのか分からぬ。なあ、みんな」

中央の男に言われて、他の者は俯いた。

長恵が言う。

「ここに、貴様たちを助けてくれる者がおると思うたら、大間違いだぞ。つまらぬ忠義など捨てて、白状いたせ。さすれば、罪一等を減じるがどうじゃ」

抵抗していた中央の男が、不敵な笑みを向けた。

「一等を減じても、死罪は死罪。同じことよ。お咎めなしとして放免《ほうめん》すると申すなら、なんでも答えてやろう」

長恵が、真顔でため息を吐いた。

「これ以上は、時間の無駄のようじゃ。貴様らが白状すれば、手間が省《はぶ》けると思うたまでのこと。もうよい」

そう言った長恵が、本間源九郎に鋭い目を向けた。

源九郎が睨み返す。

長恵は、源九郎の心底を見抜くために黙って見据えた。すると源九郎は、長恵の眼力に気圧され、目をそらした。

長恵がすかさず問う。

「源九郎とやら、仲間を見捨てて、一人だけ罪を逃れようというのか」

源九郎が挑む顔を向けて言う。

「無礼な。それがしは、そこにおる咎人など知らぬ」

「ほう、知らぬか」

長恵が言うと、父親の直正が憤慨《ふんがい》した。

「そうだとも。息子があのような者どもと付き合うはずはない。筑後守殿、わしは書院番頭ぞ。美咲などという妄想癖のある小娘が何を言うたか知らぬが、大して調べもせず鵜《う》呑《の》みにするとは笑止。書院番頭の息子を盗賊の仲間と申して、町奉行所の不浄な白州などに来させせおったことは大問題だ。ただでは済ませぬぞ」

「そう申されましてもな……」

長恵が落ち着かせようとしたが、激昂《げっこう》した直正は長恵の口を制した。

「ええい、黙れ。先任の町奉行のほうが分《ぶん》をわきまえておるわ。戸田殿、さようでござろう」

直正に言われて、目付役の戸田が頷く。

「まったくですな。こちらが身に覚えがないと申しておるのに、白州で決着をつけたいなどと申されるので足を運んでみれば、咎人どもは源九郎殿を知らぬと言う。御奉行はいったい、何をなされたいのです」

馬鹿にして言う戸田に、長恵は言う。

「戸田殿が、御目付役という立場でありながら、いかに平等に物事を見ておられぬか、分かってもらうためにござるよ」

「はあ？」

「成瀬と申す同心を覚えておられるか」

「成瀬？　はて、誰だったか」

長恵が、厳しい目を向けた。

「惚《とぼ》けるのもいい加減にしろ。半年前だ。江戸を騒がせている押し込み強盗の一味が本間家に関わりがあると注進したにもかかわらず、戸田殿が先の奉行に圧力をかけて謹慎に追い込んだ男だ」

長恵が怒気を含んで言っても、戸田は涼しい顔をして受け答えた。

「ああ、そのようなことがあったな。しかし、あれは事実だ。本間家とはなんの関わりもない」

「この昼行灯《ひるあんどん》めが！」

長恵の怒鳴り声に、戸田がびくりとした。

「な、なにを！」

「あの時貴様が本間家を真面目《まじめ》に調べておれば、成瀬は愛しい妻を、源九郎！　貴様らに殺されなくて済んだのだ」

長恵は、怒りに満ちた目で源九郎を睨んだ。

その剣幕に、父直正は動揺している。

だが源九郎は、挑みかかる顔を向け、

「知らぬものは知らぬ！」

白を切った。

長恵が、怒りに歯嚙《はが》みして言う。

「貴様、わしが何も知らないと思ってやがるな。おう、これまで何人殺しやがった。磯屋だけでも、二十五人だ。その前のを合わせると百人を超える。そうだろう」

「し、知らぬと言うておる」

源九郎に続き、父直正が言う。

「そうじゃ。息子がしたことではない！」

「黙れ！」

長恵が怒鳴り、立ち上がった。源九郎の前に行く長恵に、与力たちが膝を転じて場を空ける。

迫る長恵に気圧されて、源九郎が床几から落ち、尻もちをついて見上げる。

長恵は、懐から懐剣を出し、源九郎に突き出して言う。

「貴様は、人を殺めても心が痛まぬのであろうが、上様拝領の金獅子に付けられた胸の傷は、痛むであろう」

源九郎はこの時、昨夜の男が長恵だったとようやく気づき、はっとして胸を押さえた。

「な、何を、言っている」

辛うじて絞り出したが、胸の傷が消せるはずもなく、がたがたと震えはじめた。

息子の異変に気づいた直正が、

「お前！」

叫ぶや、源九郎に飛びかかり、着物の前を開いた。胸には、血がにじむさらしが巻いてある。直正が狂ったような声をあげてさらしを開くと、肌に入れられた一文字の傷が、赤い筋となって浮いていた。

「その傷は、この奉行が負わせたものだ。もはや言い逃れはできぬ。厳しい沙汰があると覚悟いたせ！」

「く、うう」

源九郎は悔しがり、絶望の呻き声をあげた。

「引っ立てい！」

長恵が命じるや、御目付役の戸田が態度を一変させて即座に立ち上がり、源九郎を摑んで立たせた。

「そ、それ、引っ立てい！」

戸田は、厳しい態度で配下の者に命じて源九郎を引き渡すと、長恵に頭を下げ、青い顔で白州から去った。

父親の直正は、身体中の力が抜けたようにへたり込み、動けなくなっている。

長恵は、そんな直正にかける言葉などない。一瞥《いちべつ》して立ち上がると、咎人を下がらせ、吟味を落着させた。

六

罪を犯した源九郎には、お白州からひと月も経《た》たぬうちに打ち首という厳しい沙汰が下り、二日前に、一味の者共々刑が執行された。

父親の本間直正は、源九郎に沙汰が下された日に切腹して果《は》て、本間家は、長男が家督《かとく》を継ぐことを許されず、御家取り潰しとなった。

江戸城本丸の書院番頭という重職にありながら、家中から大罪人を出したことに激怒した老中松平定信《まつだいらさだのぶ》が、厳しく処罰したのだ。戸田も、罪を隠すことに加担したと切腹させられた。しかし幕閣から大罪人が出たとは世間に言えぬ故、理由は伏せられていた。

この日、いつものように登城していた長恵は、定信から呼び出され、本丸御殿にある老中の部屋へ出頭した。

事件の解決見事であったと、お褒《ほ》めの言葉を賜わるのだと思っていた長恵は、上機嫌で定信の前に座った。ところが、定信は不機嫌極まりない顔をしている。

長恵が挨拶《あいさつ》をするなり、

「この、たわけが！」

いつもは冷静な定信が、激昂して怒鳴った。

いきなりのことに面食らって目を泳がせる長恵に、定信が言う。

「みだりに着流し姿で市中へでかけ、町の者が大勢いる中で斬り合いをするとは何事だ」

紀伊国橋の袂で美咲を助けたことだと思った長恵は、身を縮めたものの、反論した。

「おそれながら、あの場合は」

「口答えをいたすな」

「ははぁ」

平身低頭する長恵を、定信が睨みながら言う。

「若い男女を助けるためだというのは分かる。だがよう考えてみよ。町奉行らしい身形でその場におれば、斬り合いにはならなんだはず。そう思わぬか」

「おっしゃるとおりでございます」

素直に詫《わ》びる長恵に、定信は荒い鼻息をひとつ鳴らした。

「怪我を負わなかったからよいものの、民の前で町奉行が斬られるという無様なことになれば、御公儀の威厳に関わることぞ」

「着流し姿でようございました」

長恵が飄々《ひょうひょう》と言うので、定信が怒りの目を見開いた。

ちらりと見た長恵が慌てて頭を下げ、しまった、と舌を出した。人助けをして叱られるのは納得のいかぬことであったが、定信に逆《さか》らって良いことなどひとつもない。平身低頭し、素直に詫びた。

長恵を見おろした定信が言う。

「この、狸めが」

「はあ？」

長恵が顔を上げると、定信は鼻先で笑った。

「悪いと思うておるまい」

長恵が釣《つ》られて笑うと、定信は真顔になった。

また叱られるのかと思いきや、

「本間の件は、見事であった。源九郎は、次男という立場に嫌気が差し、遊ぶ金欲しさ、そして親に迷惑をかけてやろう、という思いから、卑劣な犯行をしでかしたようじゃのう。書院番頭の直正殿を失い、上様は気を落とされたが、そちのことを褒めておられた。金獅子の懐剣を授けて、よかったと申されておったぞ」

拝領刀の懐剣を使ったことが将軍の耳に入っていることに、長恵は驚いた。

定信が言う。

「いつどこに、目耳があるか分からぬと心得よ。亀丸屋は、大奥御用達《ごようたし》じゃ」

長恵は、恐縮した。

定信が、薄い笑みを浮かべて言う。

「町中で斬り合いをするのはけしからぬことだが、そちを町奉行に推《お》したわしの目に狂いはなかった。これからも、大いに励め」

「ははあ」

厳しいことで知られている定信に褒められて、長恵はほっと胸を撫《な》で下ろした。

「ところで」と、定信が話を改めた。「同心の成瀬敬一郎のことじゃが、死罪といたさねばなるまい」

頭を下げていた長恵は、辛そうな顔を上げ、膝を進めた。

「御老中に、お頼みしたいことがございます」

「うむ、申してみよ。ただし、成瀬を許しては他の同心どもに示しがつかぬ。その上で申し述べたきことがあらば申せ」

長恵は、思うことを述べ、定信に頭を下げた。

定信はしばし考え、長恵に言う。

「あい分かった。そのことは、そちの思うようにいたせ」

「はは」

長恵は定信に深々と頭を下げ、城から下がった。


それから数日が経ち、罪を犯した成瀬敬一郎の刑が執行される日がきた。

刑は、斬首である。

座敷牢から引き出された成瀬は、長恵の慈悲《じひ》により市中引き回しはなされぬので、そのまま、小伝馬町《こでんまちょう》の牢屋敷の刑場へ連れて行かれた。

幔幕《まんまく》で囲われた中へ入った成瀬は、目を見開いた。首を落とす四角い穴の前に敷かれている筵のそばで、襷《たすき》がけをした長恵が待っていたのだ。

「御奉行」

長恵は、何も言わずに頷いた。

町奉行たる長恵が介錯《かいしやく》をしてくれるのだ。成瀬は、申しわけなさと感動で、胸が熱くなった。

あの世へ行き、妻に自慢しようと思った成瀬は、神妙な顔をして待つ長恵に笑みを浮かべて頭を下げ、筵に上がり、穴の前で両膝をついた。

顔に白い布をかけられ、小役人が背中を押して促す。

成瀬が穴に向かって頭を下げる後ろで、長恵が静かに抜刀し、水もかけずに振り上げるや、目を見開いた。

「やあ！」

裂帛《れっぱく》の気合が、刑場から響く。

刀を打ち下ろした長恵が、ふぅ、と、長い息を吐き、目を瞑《つむ》って納刀した。

「これにて、成瀬敬一郎の死罪を執行いたした」

その場にいる三名の見届け人が、頭を下げる。

「お待ちください」

震える声で言ったのは、成瀬だ。

首を落とされたはずの成瀬が、小役人に身体を起こされて縄を解かれ、驚愕の顔を向けている。

「御奉行、これはどういうことですか」

長恵が熱い泪を溜《た》めて、成瀬の肩を摑んだ。

「お前は罪を犯した。ゆえに、死罪と決まったが、老中のお許しをいただき、生かすことにしたのだ。ただし、罪は罪。表だって免じることはできぬ。今日からは、黒影《くろかげ》同心として、わしの力になってくれ」

「黒影、同心」

「さよう。役宅にも戻れず、奉行所の同輩たちとも顔を合わせられぬ影の者だ。江戸の闇に巣食う悪党どもを探り出し、善良な民を助けてほしい。どうじゃ、引き受けてくれるか」

「わたしに、務まりましょうか」

「わしはできると見ている。あとは、お前の心持ち次第《しだい》だ」

成瀬は、困惑した。

控えていた忠兵衛が歩み寄り、成瀬の肩を摑んだ。

「わしも黒影同心のことは先日知ったばかりだ。お前が生きる道はここしかない。お請《う》けしろ、成瀬」

驚いた顔を向けた成瀬に、忠兵衛が微笑んで頷く。

泪を浮かべて頷いた成瀬は、強い意志を込めた目で長恵を見た。

「御奉行に救われたこの命、いかようにもお使いください」

「そうか、引き受けてくれるか」

「はは」

「うむ。では、仲間を紹介いたそう。おい」

長恵が声をかけると、控えていた一人の小役人が立ち上がり、編笠を取った。

「あなたは、『あさや』の――」

「板前の三太こと、早坂三十郎《はやさかさんじゆうろう》でござる」

早坂が、薄い笑みを見せて顎を引いた。

「まさか、あなたが黒影同心だったとは」言った成瀬が、はっとした。「では、『あさや』のおかみもですか」

訊かれた長恵が、上ずった声で言った。

「いやぁ、あいつは違う。早坂の隠れ蓑《みの》として雇《やと》ってもらっているだけだ」

頷く成瀬の背後に忍び寄った忠兵衛が、

「まあ、おかみのことは、そのうち分かる」

と言って、ぐふふと笑うので、成瀬は、それ以上は訊かなかった。

ばつが悪そうな顔をした長恵が、皆に言う。

「成瀬が加わった喜びに、今夜あたり皆で一杯やろうか」

忠兵衛がすかさず言う。

「それはようございます。『あさや』のおかみも喜びましょう」

長恵は、参ったな、という顔で笑った。

解説：濃厚な人間ドラマが光る斬新《ざんしん》なアンソロジー

文芸評論家　菊池《きくち》　仁《めぐみ》

時代小説のアンソロジーが活発化している。名作の再録、テーマ別に絶版となった作品や、埋もれた傑作の再発見、NHK大河ドラマの関連作品を集めたものなど、枚挙《まいきょ》にいとまがない。

本シリーズもその流れに沿ったものだが、企画が斬新《ざんしん》である。十二人の文庫書下ろしの人気作家を起用し、テーマを人間の基本感情である〝喜・怒・哀・楽〟に分け、濃厚な人間ドラマを執筆してもらおう、というもの。

シリーズのトップを飾る本書のテーマは〝喜〟で、タイトルは『欣喜《きんき》の風《かぜ》』。トップバッターは井川香四郎《いかわこうしろう》「藁屋《わらのや》の歌《うた》」である。今年度のベストテンに押したいくらいの珠玉の短編となっている。この斬新なアンソロジーのトップを飾るにふさわしい一編である。

まず、作者の略歴と特徴について記しておこう。作者には最初のシリーズものである「おっとり聖四郎事件控《せいしろうじけんひかえ》」をはじめ、「洗《あら》い屋《や》十兵衛《じゅうべえ》江戸《えど》日和《びより》」や、二〇〇八年にNHK土曜時代劇「オトコマエ！」として放映された「梟《ふくろう》与力吟味《よりきぎんみ》帳《ちょう》」等がある。しかし、何といっても「刀剣目利《とうけんめき》き神楽坂咲花堂《かぐらざかさくはなどう》」シリーズ（祥伝社文庫）を勧めたい。

作者の略歴を記しておくと、愛媛県生まれで中央大学卒。「太陽《たいよう》にほえろ！」の脚本公募に入選し、シナリオライターとなり、井川公彦《きみひこ》名義で「暴《あば》れん坊将《ぼうしょう》軍《ぐん》」「水戸黄門《みとこうもん》」等のドラマで健筆をふるった。また、柴山隆司《しばやまりゅうじ》の筆名で書いた小説『露《つゆ》の五郎兵衛《ごろべえ》』で小説CLUB新人賞を受賞。〝書下ろし〟時代小説分野では備前宝楽《びぜんほうらく》流の庖丁人・乾《いぬい》聖四郎が活躍する伝奇もの「おっとり聖四郎事件控」を皮切りに、「くらがり同心裁許帳《どうしんさいきょちょう》」「船手奉行《ふなてぶぎょう》うたかた日記《にっき》」「成駒《なりこま》の銀蔵《ぎんぞう》捕物帳《とりものちょう》」等々、多くのシリーズものを手がけている。

もともと、時代小説というジャンルは新人が育ちにくかった。時代考証、言葉遣い等、約束事が多く、なじめなかったためである。これが原因となって作家の絶対数が不足していた。特に〝文庫書下ろし〟分野は、二〇〇〇年前後から成長期に入ったためにその傾向が顕著であった。即戦力になる新人の発掘が急務で、そこで白羽の矢がたったのが時代劇を手がけている脚本家であった。隆慶一郎《りゅうけいいちろう》、池宮彰一郎《いけみやしょういちろう》、星川清司《ほしかわせいじ》等の前例もあった。

作者もそういった流れから登場してきた一人であるが、出版社側の狙いは正しかった。いずれの作品も物語の舞台設定、人物造形に独自性があり、ストーリー展開も面白く、申し分のない出来を示している。筆も早い。期待値の高い作家であった。

実際、その後の活躍はめざましく、現在では第一人者の地位をしっかり固めつつある。

話を同シリーズに戻すと、腕の良さは主人公の人物造形にいかんなく発揮されている。刀剣や骨董《こっとう》の鑑定師が職業で、これが物語をふくらませる。持ち込まれてくる骨董の背後に人間ドラマが秘められており、主人公の上条倫太郎《かみじょうりんたろう》は値をつけるが、それはあくまで仮で、その仮の値段を通して隠された葛藤に触れ、心の真贋《しんがん》を見抜くという設定になっている。人物造形に対する作者の工夫と、ストーリーテラーとしてのセンスがうかがえる。同シリーズは惜《お》しまれつつ第十巻『鬼神《きしん》の一刀《いっとう》』で幕を閉じたが、二〇一五年再び「新《しん》・神楽坂咲花堂」としてスタートを切っている。現代の戯作者《げさくしゃ》としての力量をうかがうことができる。

「藁屋の歌」はそんな作者の戯作者魂《だましい》を示した一作である。動乱の幕末に翻弄《ほんろう》された歌人橘曙覧《たちばなのあけみ》の生き様を追ったものだが、緊迫感と静澄《せいちょう》な印象を覚えるのは、橘の人物造形と引用されている和歌の力である。要するに橘曙覧を題材としたところに本短編の成功の秘訣《ひけつ》がある。

実は橘曙覧で思い出したことがある。一九九四年、今上《きんじよう》天皇、皇后がアメリカを訪問した折、ビル・クリントン大統領が歓迎の挨拶の中で、彼の歌を編纂《へんさん》した『独楽吟《どくらくぎん》』に収められた一首、「たのしみは朝おきいでて昨日まで無かりし花の咲ける見る時」を引用してスピーチをした。これでその名と歌が脚光を浴びたというエピソードである。

作者の念頭にこのエピソードがあったのではないか。それに触発され、素朴《そぼく》で生活感の中にある機微を詠む橘曙覧の〝喜〟とは何であったのか。それを起点として構想を練ったのが本短編と推測しうる。もちろん、そんなエピソードとは無関係で、作者はいつの日か橘曙覧を書いてみたいと思っていたのかもしれない。それが発酵し、本短編として結実したのだろう。

いずれにせよ、幕末という困難な時代を生きた男の祈りにも似た思いを、和歌をテコにして、切り取った作品といえよう。

ミステリーから時代小説へ、または両刀を器用にこなした作家も多い。松本清《まつもとせい》張《ちょう》、横溝正史《よこみぞせいし》、高木彬光《たかぎあきみつ》、多岐川恭《たきがわきょう》等をはじめ、文庫書下ろし分野でも鳴海《なるみ》丈《たけし》、和田《わだ》はつ子《こ》、翔田寛《しょうだかん》等が該当する。

「跡取《あとと》り」の作者小杉健治《こすぎけんじ》は、後者の代表選手といえる。作者は一九八三年に「原島弁護士《はらしまべんごし》の処置《しょち》」（のちに「原島弁護士の愛《あい》と悲《かな》しみ」と改題）で第二十二回オール讀物推理小説新人賞を受賞し、デビューを飾った。その後、一九八八年に『絆《きずな》』で第四十一回日本推理作家協会賞を受賞して作家として地歩を築いた。特に法廷ミステリーの作家として、精神薄弱者、身体障害者といった社会的弱者の視点を導入し、現行の裁判制度の矛盾《むじゅん》を突くことで独自のスタイルを確立した。

一九八九年に『向島物語《むこうじまものがたり》』を手がけたのを契機に、『元禄町人武士《げんろくちょうにんぶし》』（のちに『大江戸人情絵巻《おおえどにんじょうえまき》　御家人月十郎《ごけにんつきじゅうろう》』と改題）、『江戸の哀花《あいか》』『七人の岡《おか》っ引《ぴ》き』『奈落《ならく》―上州無宿半次郎逃亡記《じょうしゅうむしゅくはんじろうとうぼうき》』『隅田川浮世桜《すみだがわうきよのさくら》』等、斬新な切れ味をもった時代小説を矢つぎばやに発表し注目を集めた。守備範囲は捕物帳、市井《しせい》人情ものから剣豪もの、股旅ものまでに及び、ミステリーから時代小説へとその重点を傾《かたむ》けつつあった。ただし守備範囲は広かったが底流にあったのは、社会的弱者の視点を固持したスタイルであった。例えば前掲の『奈落』は江戸時代を舞台に冤罪《えんざい》事件に巻き込まれた男を主人公に、無実の罪を着せられた者の心情や岡っ引きに追われる恐怖を丹念に描いた作品であった。そこに他の時代作家とは違う持ち味があった。その意味で松本清張のもっとも忠実な継承者といえるかもしれない。

その作者が文庫書下ろしに強い関心を示し手がけたのが「風烈廻《ふうれつまわ》り与力《よりき》・青柳《あおやぎ》剣一郎《けんいちろう》」シリーズ（祥伝社文庫）である。作者は同文庫で『白頭巾《しろずきん》―月華《げっか》の剣《けん》』（二〇〇二年）、『翁面《おきなめん》の刺客《しかく》』（二〇〇三年）の二作品を刊行した後、満を持して発表したのが、前掲のシリーズ第一巻にあたる『札差殺《ふださしごろ》し』（二〇〇四年）であった。

主人公の青柳剣一郎は、部屋住みの身から兄の不慮の死で与力の職についた。役職は〝風烈廻り〟。実際にあった江戸町奉行の役職であり、風が強い日の火災予防や不穏分子暗躍の取締りが主な仕事で、昼夜の別なく、常時巡回していた。江戸時代らしい役職である。〝役職〟は時代を映す鏡であり、そのユニークさをフィルターとすることで、独特の物語空間の創出が可能となる。〝風烈廻り〟という役職を引っ張り出してきたところに作者のセンスの鋭《するど》さをうかがうことができる。

青柳剣一郎の人物造形のうまさや、妻・多恵《たえ》をはじめとした脇役の配し方にも工夫が見られ恰好《かっこう》の読物となっている。加えて、興趣を盛り上げているのは、江戸時代の武家社会の歪《ゆが》んだ家族制度や、疲弊のため荒廃しつつあった武士階級の姿を鋭い筆致で描いている社会派作家らしい視点にあった。人気が追い風となり、すでに三十三巻を数え、作者にとっても長命のシリーズで、大河小説の趣《おもむき》を呈《てい》している。ついでに紹介しておくと、二〇一五年に刊行された『真《まこと》の雨《あめ》』（上下）が素晴らしい出来の大作となっている。藩政改革をテコとした濃厚な人間ドラマに仕上げている。

「跡取り」は、このシリーズに登場する南町奉行所の年番方《ねんばんかた》与力である宇野清左《うのせいざ》衛門《えもん》の活躍を描いた一編。風烈廻り与力がそうだったように作者は役職を選ぶのに工夫を凝《こ》らしている。年番方与力とは同心支配方与力とも呼ばれており、古参与力から選任された。奉行所全般事務から取締まり、闕所《けっしょ》金の保管出納、同心各組の指導監督等が職務で、最高位の掛りである。作者があえて清左衛門をこの職につけたのは、気になる事件があった場合、それを公正、平等な立場で見られるからである。

物語は紙問屋『広田屋《ひろたや》』の主人文治郎《ぶんじろう》が八丁堀《はっちょうぼり》の清左衛門の屋敷を訪れたところから始まる。これにより清左衛門は『広田屋』の下男が起こした殺人事件に関わることになっていく。実にうまい発端である。清左衛門の経験に裏打ちされた公正な判断力で、殺伐《さつばつ》とした殺人事件の陰に隠されていた人を思いやる義理と人情が浮き上がってくる。そして、よかったと胸を撫《な》で下ろす清左衛門自身に欣喜の風が吹くというラストは見事という他はない。

佐々木裕一《ささきゆういち》の「鬼の目にも泪《おにのめにもなみだ》」はこの作者の腕の確かさと、器用さが見事に開花した作品となっている。

作者は一九六七年広島県生まれ。二〇〇三年に架空戦記『ネオ・ワールドウォー 山本五十六《やまもといそろく》の決断《けつだん》』でデビュー。その後、二〇一〇年まで架空戦記もので健筆をふるう。〝文庫書下ろし〟のデビューは、二〇一〇年に刊行された「浪人若《ろうにんわか》さま新見左近《にいみさこん》」シリーズの『闇の剣《やみのけん》』であった。架空戦記もので腕を磨いていただけに、〝文庫書下ろし〟のツボをピタリと押えた作品に仕上がっていた。

頭角を現したのは「公家武者《くげむしゃ》 松平信平《まつだいらのぶひら》」シリーズ（第一巻『狐《きつね》のちょうちん』二〇一一年）であった。人物の選定、造形に非凡なものを感じた。主人公は松平信平で実在の人物である。公家の名門、鷹司《たかつかさ》家出身でありながら旗本となった特異な経歴の持ち主である主人公を、作者はさらにデフォルメ。自分のことを磨《まろ》と呼び、武士になってからも立て烏帽子《えぼし》に狩衣《かりぎぬ》姿で江戸の町を闊歩《かっぽ》する。その美貌と優雅な振舞いから一見、軟弱そうな優男に見えるが、凄腕《すごうで》の剣士で、秘剣「鳳凰《ほうおう》の舞《まい》」で悪を次々と斬り捨てる。ヒーロー小説のツボを心得た小説作法をきっちり押えている。

その他に「もののけ侍《ざむらい》伝々《でんでん》」「春風同心家族日記《はるかぜどうしんかぞくにっき》」「旗本《はたもと》ぶらぶら男《おとこ》夜霧《よぎり》兵馬《ひょうま》」「あきんど百譚《ひゃくたん》」等、作品領域も広く、筆が早く、ストックが豊富なのも好感がもてる。

最近の収穫は祥伝社文庫で始まった「隠《かく》れ御庭番《おにわばん》」シリーズ（二〇一三年）だ。第一巻『龍眼《りゅうがん》』には興奮した。九代将軍家重《いえしげ》と大御所となって権力に執着する吉宗《よしむね》との確執を物語の背景に置き、そこに言葉不明瞭なため苦しむ家重の思いを知る老忍者を登場させている。彼は家重の病を治す秘薬を求めて旅に出る。ここから壮大な物語がスタートする。手に汗を握る痛快な時代活劇である。デビューが二〇一〇年であるから、たった五年で目を見張るような業績を上げているわけだ。その多才ぶりには舌を巻く。

さて、「鬼の目にも泪」は副題の「名奉行《めいぶぎょう》　金太郎捕物帳《きんたろうとりものちょう》」から、〝遠山《とおやま》の金さん〟のオマージュにも見えるが、あにはからんや独自の造形で魅力を打ち出している。作者の多才ぶりが発揮されている。

主人公は池田筑後守長恵《ながよし》。実在の人物かを調べるため『日本人名大辞典《にほんじんめいだいじてん》』を当たったところ、江戸時代中期の旗本で、一七八七年（天明《てんめい》七）に京都町奉行に抜擢《ばってき》され、一七八九年（寛政《かんせい》元）に江戸南町《みなみまち》奉行に任命されている。冒頭のエピソードはその赴任の日のものである。長恵の人となりをうかがわせる出だしで、どんな奉行ぶりを見せるのかいやが上にも関心が高まる仕掛けとなっている。

参考に『ウィキペディア』に彼の性格についての記載があったので紹介しておく。

《老中首座松平定信の側近である水野為長《みずのためなが》が著した『よしの冊子《そうし》』に拠れば、長恵は感情豊かでコミカルな人物であったらしく、ミスを犯して落胆しているところを定信に激励されてすぐ立ち直ったり、その定信が老中を罷免させられた際は、大声を上げて泣き叫び、「鬼の目にも涙とはまさしくこのことだ」と評判になるなど、激しく一喜一憂する長恵の姿が伝わっている。》

これが実像のようだが要は、どんな魅力的な人物像を彫り込み、濃厚な人間ドラマを展開させてくれるかが読みどころとなる。そんな期待を裏切らない一編である。

〈初出一覧〉

藁屋の歌　井川香四郎　『小説ＮＯＮ』二〇一六年三月号
跡取り　小杉　健治　『小説ＮＯＮ』二〇一六年二月号
鬼の目にも泪　佐々木裕一　『小説ＮＯＮ』二〇一六年三月号

一〇〇字書評

切・り・取・り・線

購買動機（新聞、雑誌名を記入するか、あるいは○をつけてください）

□（　　　　　　　　　　　　）の広告を見て
□（　　　　　　　　　　　　）の書評を見て
□ 知人のすすめで　　□ タイトルに惹かれて
□ カバーが良かったから　　□ 内容が面白そうだから
□ 好きな作家だから　　□ 好きな分野の本だから

・最近、最も感銘を受けた作品名をお書き下さい

・あなたのお好きな作家名をお書き下さい

・その他、ご要望がありましたらお書き下さい

住所	〒				
氏名		職業		年齢	
Eメール	※携帯には配信できません		新刊情報等のメール配信を 希望する・しない		

この本の感想を、編集部までお寄せいただけたらありがたく存じます。今後の企画の参考にさせていただきます。Eメールでも結構です。

いただいた「一〇〇字書評」は、新聞・雑誌等に紹介させていただくことがあります。その場合はお礼として特製図書カードを差し上げます。

前ページの原稿用紙に書評をお書きの上、切り取り、左記までお送り下さい。宛先の住所は不要です。

なお、ご記入いただいたお名前、ご住所等は、書評紹介の事前了解、謝礼のお届けのためだけに利用し、そのほかの目的のために利用することはありません。

〒一〇一-八七〇一
祥伝社文庫編集長　坂口芳和
電話　〇三（三二六五）二〇八〇

祥伝社ホームページの「ブックレビュー」からも、書き込めます。
http://www.shodensha.co.jp/bookreview/

祥伝社文庫

競作《きょうさく》時代《じだい》アンソロジー　欣喜《きんき》の風《かぜ》

平成28年3月20日　初版第1刷発行

著　者　井川香四郎《いかわこうしろう》　小杉健治《こすぎけんじ》　佐々木裕一《ささきゆういち》

発行者　辻　浩明

発行所　祥伝社《しょうでんしゃ》

東京都千代田区神田神保町3-3
〒101-8701
電話　03（3265）2081（販売部）
電話　03（3265）2080（編集部）
電話　03（3265）3622（業務部）
http://www.shodensha.co.jp/

印刷所　図書印刷
製本所　図書印刷
カバーフォーマットデザイン　中原達治

ISBN978-4-396-34195-4 C0193

祥伝社文庫の好評既刊

井川香四郎　取替屋《とりかえや》　新・神楽坂咲花堂①

お宝を贋物《にせもの》にすり替える盗人が跋扈《ばっこ》する中、江戸にあの男が舞い戻ってきた！　綸太郎は心の真贋まで見抜けるのか!?

井川香四郎　湖底の月　新・神楽坂咲花堂②

真の顔を映す鏡、月の浮かぶ硯……煩悩溢れる骨董に挑む、天下一の審美眼。綸太郎が人の心の闇を解き明かす！

小杉健治　善の焔《ほのお》　風烈廻り与力・青柳剣一郎㉜

付け火の狙いは何か！　牢屋敷近くで起きた連続放火。くすぶる謎を、風烈廻り与力の剣一郎が解き明かす！

小杉健治　美の翳《かげり》　風烈廻り与力・青柳剣一郎㉝

銭に群がるのは悪党のみにあらず……。奇怪な殺しに隠された真相は？　人間の気高さを描く「真善美」三部作完結。

佐々木裕一　龍眼　流浪　隠れ御庭番②

秘宝を求め江戸城に忍び込んだ里見伝兵衛。だが、罠にかかり、逃亡中に記憶喪失に。追手を避け、各地を旅するが……。

佐々木裕一　龍眼　争奪戦　隠れ御庭番③

命と豊臣の財宝を狙い、続々と迫り来る刺客たち。「ここはわしに任せろ」老忍者伝兵衛、覚悟の奮闘！

祥伝社文庫　今月の新刊